影響一生的世界文學經典

巧讀

老人與海

The Old Man and the Sea

厄尼斯特・海明威◆著
傅怡◆譯

譯本序

提起《老人與海》這部小說，當然就不能提到他的作者海明威，海明威的一生寫有許多著名的作品，可是讓他贏得許多作家夢寐以求的諾貝爾文學獎的作品卻是這部《老人與海》。

海明威，全名是厄尼斯特·米勒·海明威，他出生在一個普通的醫生家庭。一八九九年七月二十一日，海明威出生在美國伊利諾州芝加哥郊外的橡樹園（**又譯奧克帕克**）鎮內。他有著一位熱愛釣魚的父親，母親則是一位癡迷的文學愛好者。母親對他的生活和創作都有著不小的影響。

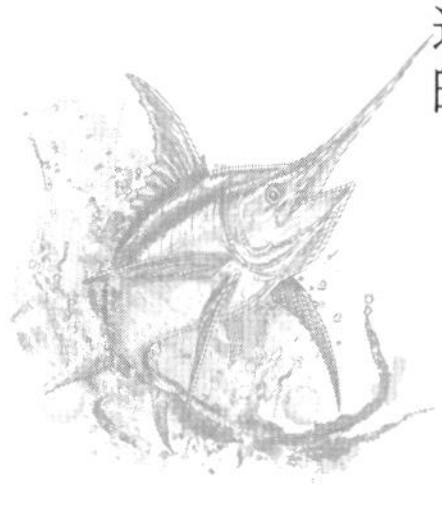

海明威的作品被很多人認為是美國人民的精神導師，他的寫作風格很簡潔，因此有了一個在文壇上響噹噹的名號——「文壇硬漢」。

《老人與海》這部作品沒有太多晦澀難懂的字眼，不以華麗的語言或精彩曲折的情節來取勝。海明威用簡單透明的語言、樸素精煉的文筆，道出了自己對人生最真誠的體悟。老人的身上體現了一種硬漢形象。慢慢品味這一文學形象，你會感受到更加深刻的意蘊。

從這部作品當中，你可以體驗到在波濤洶湧的大海上，老人與大魚搏鬥時的精彩場面，也可以感受到老人與小男孩之間親如家人的真摯感情。當然，最重要的是，你可以品味到老人來自於生活和大自然中的智慧。

老人勇敢，堅毅而且謙卑，他從不為自己曾經取得的成就而沾沾自喜；在一片汪洋之中，他懂得堅持就是勝利。在這部作品中有很多的篇幅是對老人內心世界的細膩描寫。你會發現，老人每一次遇到困難的時候，他都會調整自己的情緒，以更加積極樂觀的態度去面對，你會忍不住為他讚歎，被他感染。書中有這樣一句話：「作為一個人，可以被毀滅，可他卻永遠不能被打敗。」這是對老人精神世界的一個概括。在這個故事裡，老人始終一步一步實踐著這句話。

讀完這部作品的時候，有的人會認為老人最後沒有得到任何東西。但如果你真正讀懂了這部作品你就會知道，老人擁有的是這世界上最寶貴的財富。

目錄

第一章　孤獨的老漁夫

你有沒有聽說過這樣一個地方：在遙遠的墨西哥灣，那裡有廣闊的汪洋大海。每個充滿希望的日出裡，都能聽到漁夫們淳樸爽朗的笑聲，他們駕著一葉小舟緩緩駛入大海的懷抱。當夕陽染紅天邊的晚霞，平靜的海面上映射出點點燈光時，辛苦了一天的老漁夫終於可以與家人分享這一天辛苦忙碌的收穫，這也是漁夫和他的家人們一天中最快樂的時光。但是，就在這個家家歡愉的時刻，在寂靜的海邊，卻有這樣一位老人，他望著無垠的海平面發出了無奈的歎息。

是暮色的籠罩還是星光的襯托，那個蹲坐在海邊的孤獨背影，此時此刻看上去像是經歷了很多的故事。就在離他不遠處，一條看上去略顯簡陋的小船此刻卻像是陪伴著他的唯一的夥伴，如果說老人的背影裡寫滿了故事，那我可以毫不猶豫地說在這每一個故事裡，都少不了這個靜靜停靠在他身旁的「老夥計」。

我之所以說得這樣肯定，是因為那每一段經歷、每一個故事都在這個「老夥計」的身上留下了難以磨滅的印記。那些帶著斑斑鏽跡的手鉤、魚叉就靜靜地躺在船板上，像是沉睡了很久，正等待著有人去將它們喚醒。一陣海風吹來，打在臉上有一股清涼的舒爽，似乎可以將人的思緒拉回到現實。此時老人靜靜地凝望著大海的眼睛忽然眨了一下。「沒錯，在眼前的這片海還是那片海。」他的心裡這樣想著。接著，他緩緩地站起身，也許是蹲坐得有些久了，就在起身的一剎那不由自主地又彎了一下腰，手輕輕地撐了一下地，一把老骨頭的摩擦發出了「咔吧」一聲清脆的聲音。他知道這是年紀在向他抗議了。他輕輕地搖了搖頭，嘴角微微上揚，自嘲似的淡淡一笑。接著，他慢慢地走到「老夥計」的桅杆旁，輕輕解下了纏繞在上面的船帆，如果那還可以被稱為船帆的話。因為船帆上面已經布滿了用麵粉袋打的補丁。儘管如此，老人還是小心翼翼地將它解下，再用熟練的手法將它捲好，可是收起來的它，卻更像是一位屢戰屢敗的將軍手中標誌著失敗的旗子。

事實上，八十四天了，沒錯，整整八十四天了，老人每天都是日出而出，日落而歸，在墨西哥的灣流中辛勤地捕魚，可是可憐的他卻並沒有享受到作為一名漁夫的樂趣，因為他在這八十四天當中沒有捕到過一條魚。其實，本來老人並沒有現在這麼孤獨，因為就在這八十四天的前四十天，老人是有人陪伴的，那是個聰明、可愛的小男孩，可是對於一個漁夫來說，如果連續四十天都沒有捕到一條魚，那麼在所有人的眼中他無疑成為了一個倒楣透頂的人，在外人看來，也許他的頭頂上就籠罩著一層濃濃的晦氣。當然，小男孩的父母也不例外。「看看這個倒楣的老頭，他可真是漁夫的恥辱，竟然四十天都捕不到一條魚，你跟著他是不會有什麼前途的，從明天開始，你不許再跟著他捕魚了，我會給你找另一條船，聽到了沒有？」小男孩的父親氣憤地對著孩子命令道。爸爸嚴厲的呵斥，讓男孩不敢抬起頭頂撞一句，他只是偷偷地瞄了一眼媽媽，但媽媽堅定的眼神顯然是明確地告訴他，她是絕對站在爸爸這一邊的。

於是，接下來的日子裡，小男孩只能聽從爸爸媽媽的話，上了另外一條船，而事實證明，小男孩在另外一條船上的確得到了在老人那裡沒有的收穫，只是短短的一個星期，小男孩就跟著這條船上的漁夫捕到三條又大又好的魚。

可是善良的小男孩並沒有忘記他的老夥伴。每到日落時，漁船回到港口，小男孩總會在岸上踮著腳尖向著大海的遠方張望，就這樣望呀，望呀，一直到他看到那個熟悉的瘦弱身影划著那條寫滿了風雨故事的小舟，從大海的遠方慢慢地靠近。沒錯，歲月的印記當然不僅僅存在於這條小船上，寒冷的海風似乎可以輕易地穿透老人那乾瘦如柴的身體，他的臉上鑲嵌著一道道深如溝壑的皺紋，其中還夾雜著一些暗沉的褐色斑塊，這是幾年前老人患的良性皮膚腫瘤所留下的印記。良性皮膚腫瘤，聽起來這不像是一種常見的疾病，沒錯，這是在長時間受到來自海面反射的太陽光照射所造成的一種疾病，也許吧，這些臉上的點點斑跡也正是老人作為一名漁夫的標誌。再看看那雙飽經風霜的手，多少次為了拉動更多更大的肥美鮮魚，那帶著韌性的釣線在他的雙手上劃開一條又一條傷口，現在疼痛雖然不再，可是那一道道傷疤卻永遠留在老人的手上，只是那不知道是幾個世紀以前的事了，因為仔細看看這些傷疤不難發現沒有一條是新的，它們就好像是久旱的荒漠中那些已經被風化了的地貌一樣古老。儘管如此，小男孩每次看到老人卻總是覺得他精神百倍，他一直找不到原因，直到老人走得越來越近了，他那雙溫暖而慈祥的眼睛親切地注視著小男孩。眼睛，

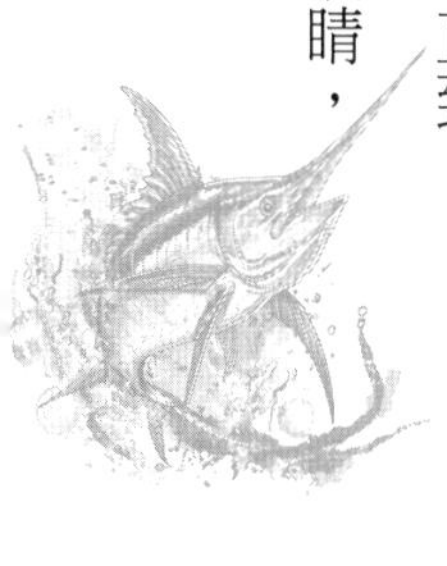

沒錯，是那個眼神，就是他那雙和海水有著一樣湛藍色彩的眼睛，小男孩終於找到了原因。那雙眼睛裡面總是傳遞出一種超然的樂觀心態和一種永不言敗的精神，彷彿只要注視那雙眼睛就可以完全忽略掉老人一身的蒼老。

近了，近了，眼看著老人就要靠岸了，小男孩興奮地跳了起來，「聖地牙哥！聖地牙哥！」老人看到小男孩，臉上露出了難得的笑容，畢竟這一天老人又是空手而歸。船漸漸地靠了岸，小男孩像往常一樣熟練地跳上船，順手就扛起老人的手鉤和魚叉，儘管它們立起來比小男孩的身高還要高。老人則是扛起那面相當具有標誌性意義的船帆，接著他們一起爬上了堤岸。

對於老人的收成，小男孩絲毫沒有在意，「聖地牙哥，告訴你一個好消息，我跟隨另一條船去捕魚，這幾天我們的收成很不錯，已經掙了一些錢，我有了錢就能繼續和你出海捕魚了！」小男孩跟在老人旁邊一蹦一跳興奮地說道。

「哦，不，孩子，你現在終於找到一條幸運的船，不用再跟著我這個倒楣的老頭子了，你應該繼續跟隨他們，怎麼能回來陪我受罪呢？」老人回絕了小男孩。

其實，小男孩捕魚的本領都是老人手把手教給他的，對於他來說，老人是他最親密的朋友也是最尊敬的師父，小男孩的心裡深深地愛著這位亦師亦友的親密夥伴。

「不，你不會永遠倒楣的，還記得嗎？曾經有一次，你一連八十七天都沒有捕到魚，但是接下來的三個星期裡，我們每一天都能捕到肥美的大魚。」

「呵呵，我當然記得，那可是我們美好的記憶呀。我也知道你不是對我沒有信心才離開我的。」老人溫暖的目光靜靜地注視著小男孩說道。

「喔，是的，都怪我的爸爸，是他命令我離開你的，你要知道我不敢違背他的命令。」小男孩無奈地搖了搖頭。

「放心吧，這我知道，你做得對，你應該聽你爸爸的。」

「真是的，他怎麼就不能相信你呢？無論我怎麼和他解釋，他都聽不進去我的話。」

「哦，孩子，這沒什麼，只要你相信我就夠了，對嗎？」

「是的，」小男孩說，「走，我們去露臺飯店，今天我請客，我們喝杯啤酒去。喝完酒，我再幫你把這些工具扛回家，你看怎麼樣？」

「我想不到有什麼理由可以拒絕，要知道，我現在口渴難耐，正需要一瓶爽口的冰鎮啤酒，我打賭我可以一口氣喝下一瓶。」在通往露臺飯店的路上，這一老一小不時發出爽朗的笑聲。

事實上，露臺飯店是所有漁夫們傍晚娛樂放鬆的場所。那個傍晚，晚霞很美，老人和小男孩面對面坐在露臺飯店的座位上，他們暢快地大口喝著啤酒，絲毫都沒有在意四周嘲笑的目光和輕蔑的眼神。那些收穫頗豐的漁夫們驕傲地昂著頭，他們背後都跟著三三兩兩的幫手，只見這些幫手費力地抬著兩塊木板，就在這些木板上面鋪滿了被剖開的馬林魚，要知道這些馬林魚正是老人已經整整等待了八十四天的渴望。他們抬著這些沉甸甸的馬林魚蹣跚著向魚庫走去，冷凍車再過一會兒就會開到魚庫，並把這些魚運到哈瓦那市場。當然還有收穫更大的漁夫們，他們早已經將捕到的鯊魚運送到位於海灣另一頭的一個鯊魚加工廠了，那裡的工人熟練地將鯊魚吊在高高的滑輪上，再取出魚肝，削下魚鰭，撥開魚皮，最後把肥美新鮮的魚肉切成長條狀，然後精心地醃製起來。

儘管沒有刻意去看，老人還是被這些漁夫豐厚的收穫吸引了。當然看到如今的聖地牙哥，周圍那些年邁的漁夫並沒有露出取笑的神情，他們的內心其實也為他感到難過與同情，只不過全部壓抑在心底沒有表露出來。在晚霞的籠罩下，他們依舊客氣地聊著每天必有的話題，例如水流和釣線，潛入海水的深度，最近難得的好天氣和一天出海的遭遇。

平時一陣東風吹來都會夾雜著一股從鯊魚加工廠飄來的魚腥味，這味道飄過藍藍的海港一直吹到這裡，可是今天的風向稍有變化，突然改為向北吹，風力也不大，漸漸地風竟然停了，對於多風的海港是極難遇上的天氣。風停了，魚的腥味也淡了很多，掛在天邊的一輪落日紅得透亮，坐在露臺上的老人和小男孩也沉醉在這愜意的景色裡。

「聖地牙哥。」小男孩叫道。

「嗯。」老人應道，可是他的眼睛卻並沒有轉向小男孩，他望著天邊的落日，緊緊握住手中的酒杯，那眼神像是陷入了懷念，多年前的那些往事突然一古腦兒地湧入腦海。

「我去幫你找些沙丁魚來，你明天捕魚時可以用，好不好？」

「哦，不用了。孩子，去玩你的棒球去吧，我這把老骨頭還划得動，再說羅傑里歐還可以幫忙撒網。」

「可是我想去，我不能和你一起去捕魚了，可是我真的很想幫幫你。」

「你已經幫助我啦，瞧，你不是給我買了啤酒嗎？」老人邊端起了酒杯邊說道。「孩子，要知道你已經是個男子漢了。」

小男孩微笑著點了點頭，「對了，你第一次帶我上船的時候，我那時有多大？」

「那個時候呀，你只有五歲，而且那一次十分危險，你差一點兒連命都丟了。當時我把一條大魚拖上船，那條魚卻一直都是活蹦亂跳的，還險些把船都撞得粉碎，你還記得嗎？」

「是的，我記得那條魚很大，它的尾巴一直不停地使勁拍打，還把槳手的坐板都撞壞了，你拼命用棍子打魚的聲音現在好像還在我的耳邊迴響，我還記得你一把就把我推到了船頭，我碰到了那捲濕淋淋的釣線，感覺整條船都在海面上顫抖，但我卻彷彿聞到了一股甜甜的魚腥味。」

「你真的還記得嗎？還是聽我告訴你的？」

「當然記得，從我們第一次捕魚，我們一起經歷的每一件事我都記得。」

老人用那雙溫暖而自信的眼睛打量著眼前這個可愛的孩子，「你要是我的孩子該有多好，我就能夠帶著你和我一起去海上冒險了！可是，你有深愛著你的父母，而現在你又找到了一艘幸運的船。」

「我去幫你找些沙丁魚來吧，我知道一個好地方，可以幫你找四個來，有了它們作魚餌，你明天一定能有不錯的收穫。」

「哦，今天還剩下一些魚餌呢，我把它們完好地醃製在一個盒子裡面。」

「可我認為你需要一些更新鮮的魚餌，相信我，我可以幫你弄到四個。」

「哦，可愛的孩子，一個就好。」

「兩個吧。」小男孩那真誠的眼睛注視著老人。

「好，那就兩個吧，」老人微笑著看著小男孩，輕輕地摸了摸他的頭，

「等等，你不會要去偷吧？」

「我還真想去偷呢，」小男孩回答，「你放心吧，這些都是我買來的。」

「謝謝你，孩子。」這幾個字從老人的心裡發出，他有著單純的性情，單純到甚至不會去想自己是什麼時候變得謙卑，面對這樣可愛的孩子，他知道自己已經學會了謙卑，但是他心裡更清楚這樣的謙卑一點兒也不丟人，並且絲毫不會傷害到真正的自尊。

「看看這水流吧，明天一定是個好天氣。」他對小男孩說。

「你準備去哪裡呢？」小男孩問。

「一個遙遠的地方，我會一直走，一直到風向變了再回來，我準備天未亮就出發。」

「哦，那我明天一定要想辦法讓我的船主到遠一點的地方去捕魚。這樣，如果你捕到一條很大的魚，我們就可以幫助你了。」

「哦，據我所知，他可不太喜歡到遠的地方捕魚。」

「這倒是，」小男孩說，「不過，我可以看到一些他看不到的東西，例如海面上捕魚的鳥兒，那樣的話我就可以引誘他去遠方跟蹤鯕鰍（鬼頭刀）。」

「他的眼睛已經這麼糟糕了嗎？」

「是的，已經和瞎子差不多了。」

「這可真是奇怪，」老人說，「他也沒有捕過海龜啊，捕海龜才是最傷害眼睛的。」

「可不是嗎，看看你在莫斯基托海岸捕了那麼多年的海龜，眼睛還是一樣的好。」

「呵呵，我是個怪老頭。」

「你現在的身體還能夠對付一條大魚嗎？」

「我想可以，要知道那需要很多訣竅的。」老人說著，信心滿滿地朝小男孩眨了下眼睛。

「我們現在把這些工具拿回家吧。」小男孩說，「接著我就可以拿漁網去捕沙丁魚了。」

於是，老人和小男孩朝著老人的棚屋中走去，夕陽下，海灘上倒映著一大一小的影子。

老人棚屋的門是開著的，進了門之後，老人像往常一樣將掛帆的桅杆立在了牆角，而桅杆的頂端幾乎已經頂到了屋頂。小男孩把其他的漁具放在旁邊。稱這間單屋為棚屋再適合不過了，因為它並不是由磚瓦建成，而是由棕櫚樹堅韌的葉鞘圍成的。棚屋內的家具也都具有「簡約」的風格，只有一張桌子、一張小床、一把椅子和一塊燒炭生火用的泥土地，棕色的牆面是由纖維結實的棕櫚葉疊合而成的。當然牆上最吸引人的就要數那兩幅彩色的畫了，一幅是《耶穌聖心圖》，另一幅則是《科布雷聖母像》，每當一個人的時候，老人會靜靜地站在這兩幅圖畫面前發呆，當然這兩幅圖畫中也保存著老人一段悲傷的記憶，因為這兩幅畫正是老人妻子的遺物。其實，以前牆上還有一幅妻子的彩色照片，只是在妻子去世之後，孤單的老人實在是沒有勇氣再看到那張照片，所以他就把它摘了下來放到角落的一個架子上，為了防止有塵土落在上面，老人特地找了件乾淨的襯衫蓋住。

「你的晚飯準備吃些什麼呢？」小男孩問。

「黃米飯和魚，你想要和我一起吃點嗎？」

「哦，不了，我要回家吃飯，我幫你把火點著吧。」

「不用了，孩子，等一下我自己來生火吧，也許我吃點冷飯將就一下就行了。」

「那我可以把漁網拿走了嗎？」

「當然可以。」

其實，漁網早就沒有了，小男孩還清楚地記得是什麼時候賣掉的。聰明的小男孩當然也知道黃米飯也是沒有的，魚也是沒有的。不過每一天他都會陪著老人把這場戲演上一遍。

「孩子，相信我，八十五絕對是個幸運的數字，」老人說，「明天我會捕到一條大魚，我是說一條大魚哦，即使是去掉內臟也要超過一千磅。」

「好，那我現在拿漁網去捕沙丁魚了，你就坐在門口吹吹海風等我回來好嗎？」

「好，我正好有一張昨天的報紙，我可以看看昨天棒球賽的新聞。」

小男孩不知道所謂的「昨天的報紙」是不是也是老人編造出來的，但是接下來老人的確從床底下拿出了一張報紙。

「這是佩里科在酒店的時候給我的。」他向小男孩解釋道。

「我捕到沙丁魚馬上就會回來，到時把捕到的和你剩下的放在一起用冰塊

把它們冰上，我保證明天依然可以用到新鮮的沙丁魚。其實，我對棒球賽也很感興趣，一會兒等我回來，你要和我講講有關棒球賽的消息哦。」

「哦，我打賭洋基隊是一定不會輸的。」

「是嗎？可我認為從克里夫蘭來的印第安人隊很可能會贏喔。」

「孩子，你應該對洋基隊要有足夠的信心。你可不要小看他們的名將迪馬喬的實力。」

「可是除了印第安人隊，我認為來自底特律的老虎隊同樣是個難應付的對手。」

「哦，孩子，如果你這麼膽小的話，恐怕連實力軟弱的芝加哥白襪隊和辛辛那提紅人隊也一樣要感到害怕了。」

「那你在這兒好好看看吧，等我回來聽好消息。」

「哦，對了，孩子，你覺得我們是不是應該去買張彩票呢？最後的兩位數就定為八十五，我相信明天一定是幸運的一天。」

「我不否認這是一個好點子，可是，你可不要忘了，你曾經還有一個八十七天的豐功偉績呢？」

「哦，我想那一定不會再有第二次了。問題是我們能弄到一張尾號是八十五的彩票嗎？」

「我可以去訂一張。」

「是的，一張就夠。可是一張就要兩塊五毛錢，我們要找誰才能借到這筆錢呢？」

「這並不難，兩塊五我還是能夠借來的。」

「我相信你，其實我覺得我也可以做到。但在我還可以的時候，我會盡量不去借錢的。因為如果這一次輕易地和別人伸手要錢，那也許下一次就伸手和別人要飯了。」

「穿暖和點吧，」小男孩對老人說道，「現在已經是九月了。」

「沒錯，現在正是大魚要上鉤的月份，」老人說，「要知道，五月份裡人人都可以捕到魚。」

「那我現在真的要去捕沙丁魚嘍，等我回來喔。」

小男孩回來的時候，他看到老人已經靜靜地靠在椅子上睡著了，太陽值完了一天班也已經回家了。小男孩悄悄地從老人身邊走過，挪著步子走到床邊，他從床上拿起了一條舊舊的軍毯，這毯子並不輕，小男孩用盡力氣抱著它並小心翼翼地將它披在老人的肩膀上。要知道老人的肩膀承受了太重的負擔，可慶幸的是它依舊強壯有力，所以這肩膀也是不同尋常的。仔細看，老人的脖頸依舊壯實。他的頭微微低著，輕輕閉著雙眼，面容平靜得沒有了清醒時那份隱含的焦急與不安，可是少了那份堅定與自信，所以閉上雙眼的老人也顯得蒼老了許多。身上滿是補丁的襯衫也褪成了深淺不一的顏色，當然這都要拜海上那明媚的陽光所賜。報紙攤開在老人的膝蓋上，好在胳膊還壓著它才沒有被海風吹走。小男孩想，也許老人在夢裡才是真正放鬆的，所以他並沒有驚動老人，而只是讓他安穩地睡著，小男孩踮著腳尖悄悄地走了。

小男孩再回來時老人依然沒有醒。

「老爹，醒一醒吧。」小男孩邊輕輕地搖晃老人的膝蓋邊叫醒了老人。

老人從睡夢中慢慢睜開眼睛，沒有人知道他在夢裡到達了多遠的地方。

「呵呵，孩子，是你啊。快來給我展示展示你的成果吧。」

「嘿嘿，看，我給你帶了好吃的，你該吃晚飯了。」

「可我還不是很餓。」

「那也要吃一點，你總不能光幹活不吃飯吧。」

「哦，我倒是這麼幹過。」老人說著從椅子上站了起來，輕輕拿起報紙並小心翼翼地摺了起來，接著又開始摺毯子。

「把毯子圍在身上吧，現在有點冷。」小男孩說，「你放心吧，只要我還活著就一定不會讓你餓著肚子去捕魚的。」

「那你一定要先照顧好自己，健康地活下去哦。」老人摸著小男孩的頭衝著他笑了笑說，「我們今天要吃什麼好吃的呢？」

「你來看看不就知道了，有香噴噴的黑豆燒米飯，還有油煎香蕉和燉菜。」說著，小男孩慢慢拿出了一個雙層的金屬飯盒。又從口袋裡拿出了兩副刀叉和勺子，並且每一副都用乾淨的紙巾包著。

「這些飯菜是誰給你的呢？」

「是馬丁，飯店的老闆。」

「我要去謝謝他。」

「哦，不用了，我已經代你謝過了，你就不用再去，快來吃飯吧。」

「我應該把一條大魚身上最肥美的肚子肉給他，他已經不是第一次這麼款待我們了。」

「是的。」

「也許不止是魚肚子上的肉，他真的很照顧我們。」

「是的，他還送給了我們兩瓶啤酒。」

「我很喜歡罐裝的啤酒。」

「這我知道。可是今天的啤酒是瓶裝的哈士依（古巴啤酒品牌）啤酒。一會兒我還要把瓶子還回去。」

「你真是個可愛的孩子，有你在我身邊真好。那我們現在可以吃了嗎？」

「當然，如果準備好了，我現在馬上打開飯盒。」

「哦，是的，我已經準備好了。只要讓我洗個手就好。」

要去哪兒洗呢？孩子想，要知道村裡的供水站離老人家整整隔了兩條街，而且在路的另一頭。我應該幫他打些水來，還要幫他準備一塊肥皂和一條柔軟

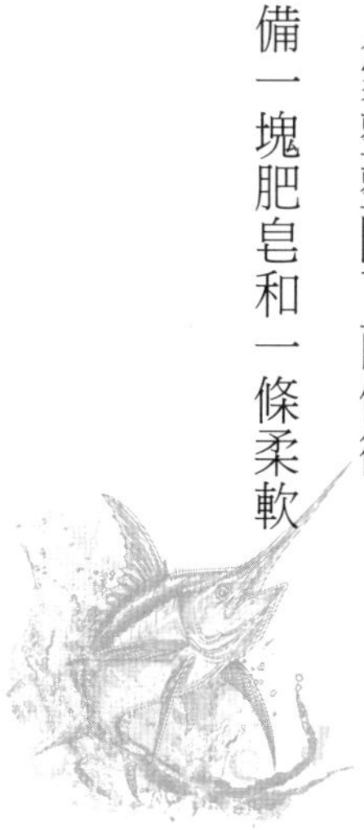

舒服的毛巾。我怎麼這麼粗心，現在才想到。哦，對了，還要準備一件乾淨的襯衫、一件過冬用的外套。以及鞋子，還要有一條更大更溫暖的毯子。

老人打開了飯盒，飯菜的香味撲鼻而來，老人夾了一塊燉菜放到口中，細細地咀嚼著味道。「哦，這燉菜的味道不錯呦。」

「現在你跟我說說有關棒球賽的消息吧。」

「我和你說過，洋基隊絕對是美聯（美國聯盟簡稱，與簡稱「國聯」的國家聯盟於一九〇三年共同成立美國職棒大聯盟）最厲害的隊伍。」老人一邊津津有味地吃著，一邊興奮地對小男孩說。

「可是，據我所知今天他們輸了。」

「哦，這沒什麼。因為我相信迪馬喬已經完全恢復了狀態。」

「他們隊裡還有其他人啊。」

「哦，那是當然的，可是他才是關鍵。還有，在另外一個聯盟（國家聯盟），我覺得布魯克林隊（後改名洛杉磯道奇隊）和費城隊中，布魯克林隊肯定會贏的。但是我又想到迪克・西斯勒（屬費城隊）和他在西貝球場（Shibe Park）裡那些讓人驚歎的打擊。」

「是的，他的那些打擊的確無人能比。他所打出的遠度是我見過的最遠的，我再也沒看到第二個人可以做到。」

「你還記得嗎？以前他還常來露臺飯店。我那時很想拉他和我一起出海捕魚，可是我那時膽子很小，不敢上前開口和他說。我還鼓動你去說，可是你的膽子也很小。」

「我知道。那是個遺憾。如果當時我們膽子夠大的話，我想也許他會答應的，那樣的話，我們就可以創造我們共同美好的回憶了。」

「其實，我最想的還是邀請迪馬喬去捕魚。」老人說道，「我聽說他的父親也是一名漁夫。也許他曾經的生活還不如我們，我總覺得我們之間會有很多話題可以聊。」

「是的，名將西斯勒的家境可是一直都不錯，他的父親和我一般大的時候就開始打球了，而且還是在大聯盟裡。」

「呵呵，我像你這麼大的時候已經當上水手了，我還記得是在一條開往非洲的大橫帆船上，從那個時候我就開始面對大海，第一次海風吹在臉上的涼爽感覺至今難忘。那個時候，黃昏的景色很美，還記得我曾經看見過一頭凶猛的獅子在沙灘上出現。」

「這我知道呀，你以前和我說過。」

「是呀，每次想到這裡，我都會忍不住想要再和你說一遍。那麼接下來我們是討論非洲還是棒球呢？」

「還是討論棒球吧，」小男孩說，「我還想聽聽那個了不起的球星約翰・J（Joseph）・麥格勞的故事。」只不過他把「J」的發音讀成了「喬大」（Jota）。

「哦，他啊，他以前呢也是常常到露臺飯店來的，只不過他是一個粗魯的人，總是凶巴巴的，外人很難接近他。他不僅僅喜歡棒球，同樣他還著迷於賽馬。在他的一個衣服口袋裡裝滿了馬的名單，他打電話的時候，大嗓門裡傳出的也都是和賽馬有關的事情，經常是整個飯館的人都能聽到他的談話。」

「他是一個非常能幹的總教練，我爸爸告訴我的，他一直認為他是最棒的。」

「呵呵，那是因為他來到這裡的次數是最多的，我敢保證如果里歐・德羅許爾年年都來這兒，你的爸爸就會認為他是最能幹的總教練了。」

「說真的，你能不能告訴我到底誰才是最棒的總教練？是盧克？還是那位著名的麥克・岡薩雷斯？」

「這可不好說，我覺得他們的水準相當。」

「可我知道最好的漁夫一定是你。」

「不，據我所知還有很多比我好的漁夫。」

「為什麼要這麼說？我承認好漁夫很多，甚至還有一些很不錯的漁夫，但是我堅信你才是獨一無二的。」

「謝謝，聽你這麼說我這個老頭子真的很高興。我希望我不要碰到一條超級大的魚，到時證明我們兩個都錯了。」

「如果你真的像你說的一樣那麼強壯的話，那就不會存在能夠打敗你的魚。」

「也許……我已經不再像我想像中的那麼健朗了，」老人說著陷入了沉思，「呵呵，不過不用擔心，我還掌握了很多的訣竅，最重要的是我還有決心。」

「現在你該上床休息了，明天早上太陽升起的時候才能夠有更充沛的精力。放心吧，一會兒我會把這些東西還回露臺飯店的。」

「好孩子，你也回去休息吧，明天早上我會叫醒你的。」

「哈哈，你就像我的鬧鐘一樣。」

「年齡就是我的鬧鐘，」老人說，「人上了年紀為什麼就要早起呢？是為了可以度過接下來更加漫長的一天嗎？」

「這我就不知道了，我只知道小孩子一般都睡得很沉也很香，而且還起得很晚。」

「放心吧，我一定會準時把你叫起來的。」

「我相信你。我真的不願讓船主來叫醒我，那感覺好像我真的不如他。」

「我知道，我們才是最佳的搭檔。」

「晚安，做個好夢，老爹。」

第二章　啟航

一天的忙碌終於結束了，新的一天即將到來。當太陽再次照亮天空時，老人和他的「老夥計」再次啓航了。這個看似平凡的早晨，會帶來老人不平凡的一天嗎？第八十五天了，離那個八十七天的紀錄還差兩天。這個紀錄會被打破嗎？可愛的捕魚老人，祝你好運！

和老人道了「晚安」，小男孩就悄悄離開了。剛剛吃飯的時候為了節省，老人並沒有點燈，小男孩和老人在一片漆黑中用完了晚餐。不過這也好，用不著熄燈，老人脫下了褲子，熟練地把它捲起來，這樣一個舒適的簡易枕頭就做好了。老人把報紙小心翼翼地塞進褲子裡，接著用毯子緊緊裹住自己，即使這樣也不能感受到真正的溫暖，但至少他可以覺得沒那麼冷。餘下的舊報紙，老人拿它們蓋住了床邊露出的彈簧，而他的身體就和報紙來了個親密接觸。

不一會兒，老人就進入了夢鄉。在夢裡，他又回到了小時候的非洲，那裡有長長的金海灘和白得耀眼的白海灘，還有聳立著的海岬和連綿不絕的褐色山巒。每到晚上，老人都會來到這個夢中的海岸，在夢裡，他生活在這個地方，它可以聽到波濤的洶湧聲和海浪的咆哮聲，看到一艘艘熟悉的本地小船乘風破浪一直前進。甚至他可以聞到甲板上散發出的焦油和麻絮的味道，可以感受到陸地上吹來的微風中也夾雜著非洲的氣息。每天的這個時候，只要他感受到了

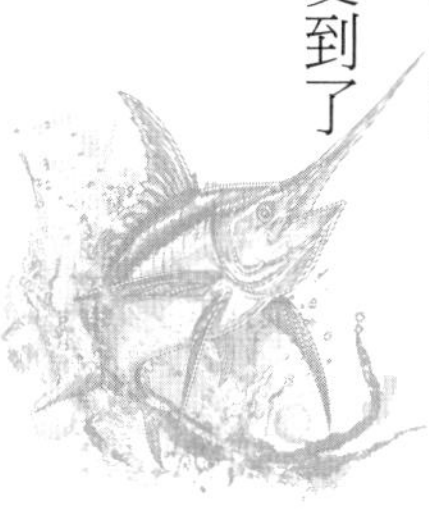

陸地上吹來的微風，他就會睡醒，他會先將自己的衣服穿好，接下來走到小男孩的身邊，輕輕地將他喚醒。但老人知道今天儘管風已經吹來了，可是時間還早。於是他繼續沉醉在自己美麗的夢中，他看到海中小島上白色的峰頂正在從海平面上慢慢升起，接著他在夢中又到了加那利群島大大小小的港口和停泊船舶的地方。

只有在他的夢中沒有風暴、沒有女人，更沒有什麼轟動的大事，沒有大魚、沒有搏鬥，也沒有那個他日日惦念的妻子。此刻在他的夢中只有那片似曾相識的沙灘，薄暮的夕陽下，大海泛著金燦燦的波光，獅子們正在海灘上嬉戲。老人就這麼看著它們盡情地嬉戲，是的，他喜愛它們嬉戲時的樣子，正如他喜愛那個時時刻刻都願意陪伴在他身邊的小男孩。在他的夢中，小男孩從來沒有出現過。一陣海風吹來，老人被這涼爽的風驚醒了，他稍稍轉了一下頭，從半開著的門縫中可以望到遙遠的天邊還掛著一輪明月，那月亮像是在用溫柔的聲音向老人問候：「醒醒吧，新的一天就要到了，屬於你的那片海正在等待著你。」像往常一樣，老人順手攤開放在身邊的褲子，很快地穿在了身上。在確定已經清醒了之後，他開始順著那條熟悉的路去找小男孩，早晨的寒氣一陣陣地朝著老人襲來，老人不禁打了一個又一個冷顫。但是他告訴自己：沒關係，這樣的冷顫能使我很快就暖和起來的，況且他渴望能夠盡快和他的「老夥計」見面，因為他更確定地知道，一旦能夠划著船，那麼他就能更暖和了。

小男孩的房門並沒有上鎖，他輕輕地推開門，光著一雙腳丫子的他悄悄走了進去，他小心翼翼盡量不讓自己發出一點聲響，他希望小男孩能夠多在他的夢裡停留一會兒，哪怕只有一會兒，畢竟他還那麼小。再往裡走就能看到一張乾淨的帆布床，小男孩正靜靜地躺在上面熟睡，他睡得那樣安穩、平靜，彷彿外面的驚濤駭浪都與他無關。老人靜靜地注視著小男孩，他始終不忍心將他從夢中驚醒，他只是慢慢地走到床邊，輕輕地拉起小男孩的一隻小手把它放在自己的掌心裡。在這一刻，彷彿時間已經靜止了，只有在這個時候老人才情願黎明不要到來，儘管他認為自己天生就是為了等待在每一個黎明駕船駛向波濤洶湧的大海。窗外的月光正一點點淡去，小男孩翻了個身，揉了揉睡意朦朧的眼睛，看見老人正坐在他的床邊，小男孩笑了，要知道一睜眼就能看到自己最想要見到的人是一件多麼幸福的事情。老人看著小男孩，微笑著向他點了點頭。小男孩像往常一樣從旁邊拿起褲子，坐在床上熟練地穿上。

老人站了起來向門口走去，小男孩緊緊地跟在老人的身後，老人習慣了讓他跟在身後，這樣至少可以為他遮擋住一點冰冷的海風。小男孩還沒有睡醒，一直低著頭，老人知道像他這樣的孩子應該要睡得更久的，他把一隻手臂輕輕地搭在小男孩的肩膀上對他說：「孩子，對不起。」

「哦，為什麼要這麼說？」小男孩用他溫暖的目光望著老人，「身為男子漢就應該這樣，你難道不想讓我成為一名真正的男子漢嗎？」他堅定的眼神讓老人覺得又好笑又佩服。

月光已經完全褪去，發白的天空即將迎來新的主人，老人和小男孩就這樣順著道路慢慢地向老人的棚屋走去，一路上他們看到男人們正在扛著桅杆光著腳走動，對於他們來說，漁夫和海洋一天的戰鬥即將拉開序幕，他們正在做著上戰場前最後的準備。

老人和小男孩走進了棚屋，小男孩習慣性地拿起幾捲放在籃子裡的釣線，還有魚叉和手鉤；老人也像往常一樣扛起掛著帆布的桅杆。

「你想要來杯熱熱的咖啡取取暖嗎？」小男孩問道。

「好，我們先把這些漁具放到船上，然後一起去喝杯咖啡。」

天色還很早，只有一個專門供應漁人早餐的地方開了門。他們用煉乳罐做容器喝了咖啡。

「昨晚睡得還好嗎？老爹。」小男孩問道。儘管還有些睏意尚未完全褪去，但是小男孩已經漸漸清醒過來了。

「當然，我睡得很好，馬諾林。你看，我現在可是精神百倍呢！」老人說，「你相信嗎？我今天信心十足，保證今天會有所收穫。」

「老爹，你知道我一直都是相信你的，」小男孩說，「現在，我馬上去取你和我的那些鮮美的沙丁魚，還有你那些新鮮的魚餌，它們今天一定能夠幫你引來又肥又大的好魚。」說著，小男孩一直掛在臉上的笑容漸漸淡去，像是回想起了什麼不開心的事情。

「孩子，怎麼了嗎？」當然這一切都瞞不過老人的眼睛。

「你知道嗎？我們所有的漁具都是由他自己拿的，他從來都不允許我碰那些東西。」

「你們？是你和你的新船主嗎？」

小男孩默默地低下了頭。

「哦，別難過，孩子。我們不一樣啊，不是嗎？」老人邊拍了拍小男孩的肩膀邊說道，「你還記得嗎？在你還只有五歲的時候我就已經讓你幫我拿東西了。」

「我知道，只有我們才是最佳的拍檔。」小男孩又抬起了頭微笑看著老人。「等著我，我馬上就會回來。你再喝一杯吧，放心，在這裡我們可以先賒帳。」說完，小男孩一溜煙似地跑走了，他光著的一雙小腳就踩在那些色彩斑斕的珊瑚岩上，他的目標就是前方存放著新鮮魚餌的冰庫。

老人依舊悠閒地喝著咖啡，看到奔跑著的背影，他知道小男孩現在已經完全清醒了。實際上，這咖啡就是他一整天所吃的唯一東西，他告訴自己無論如何都應該喝下去，現在的他已經厭倦進食很久了。在海上漫長的一天他是不吃任何食物的，他從來都不會帶午飯出海，對於他來說，擺在船頭的一瓶水就成為了他一天唯一的食糧。

很快，小男孩回來了。他一隻手拿著沙丁魚，另外一隻手拿著用一些廢舊報紙包著的魚餌。於是一雙大腳和一雙小腳在鑲嵌著五顏六色的鵝卵石的沙灘上留下了兩串腳印。

「一、二、三。」老人和小男孩一起數著用力抬起小船，他們肩並著肩一起用力直到小船成功地滑進水裡。老人順勢輕輕一跳上了船，那帥氣的樣子彷彿又回到了年輕力壯的年紀。

「祝你好運，我親愛的朋友。」小男孩的眼神裡帶著深深的祝福，因為他知道除了祝福，再也不能給老人什麼了，此時的他多麼想一下子跳到老人的船上和他一起出海，就像以前一樣，可是他知道他不能。

「也祝你好運，孩子。」

第三章　鮪魚和軍艦鳥

第八十五天出海。老人對這片海已經產生了特殊的感情。大海是那樣的大，那裡面總有你意想不到的驚喜。盤旋在空中的軍艦鳥，披著美麗外衣的彩色水母，憨厚老實的大海龜，當然還有成群適合做成餌的魚、蝦。在這個有溫暖陽光照射的日子裡，老人收穫了他八十五天來的第一條魚。

啟航的船已經駛入無邊的大海，對於老人來說這是他一天之中最開心的時刻，因為無論之前的日子有多倒楣，即使所有的人都在他的身上印上失敗的烙印，可是每當他看到清晨的大海上波濤洶湧的樣子，他就會充滿希望，就是這樣的希望一直支持他堅持了八十四天。

老人和小男孩告別之後，他用熟練的技巧把槳索牢固地繫在槳栓上，敏捷的向前俯身巧妙地藉助著槳葉在水中的推力划動了他的「老夥計」。他回頭望向遠方的天空，太陽已經躍躍欲試，他知道離真正的光明已經不遠了。

「新的一天，祝你好運！」

「祝你好運！」

「今天的天氣不錯，應該會有不錯的收穫。」

「是啊，但願整片海域那隻最大最好的魚能看上我的魚餌。」

「不，我打賭它會看上我的。」

「呵呵，廢話少說，我可要出海了。」

儘管太陽還沒有從東方的天空升起，漁夫們的一天卻已經開始了，每天早上的這個時候，漁夫們都是七嘴八舌地調侃著，面對無邊的大海，面對海上的驚濤駭浪，漁夫們卻都是躍躍欲試，對於這片又愛又恨的大海，或許他們也都產生了一種特殊的情感。

漸漸地，船隻都四散開來，風浪似乎也小了一些，黎明前的最後一刻，海面又恢復了寧靜。老人環顧了周圍，此刻的寧靜幾乎可以讓他聽到船槳深入海水和划動的聲音。

很快地，船隻紛紛駛出了港口，也就分散得更廣了，每一艘船上的漁夫們都開始細細打量著這片汪洋，他們在思考究竟哪一個方向才能帶給他們更大的收穫，要知道這是漁夫們一天中最重要的決定，有的時候一個選擇就決定了他們的命運。

對於老人來說，這個決定尤為重要。今天的他有一種強烈的預感，他該划向遠方。

老人駕著船慢慢划向遠方，他知道自己正離這片陸地越划越遠，他逐漸嗅不到屬於那片陸地獨有的氣息，而此刻他正划向清晨的海洋中，享受那清新寧人的海洋氣息。

老人划啊，划啊，他划過了一片水域，他微微低頭向海水深處望了望，水裡的馬尾藻閃爍著粼粼波光。「到『深井』了。」老人的心裡想。沒錯，漁夫們都稱這個地方為「深井」，那是因為此處的海水突然加深到七百英尋（**長度單位，一英尋為六英尺**），一陣陣的洋流一次次地撞擊著海底的峭壁，激起了一個又一個的漩渦，各色各樣的魚類都彙集到了這裡。在海底最深處的洞穴和峭壁縫隙間，可以看到成群結隊的蝦子和餌魚。如果運氣好的話，還能看到成群的槍烏賊，只有在寂靜的夜間它們才會悄悄浮起，慢慢貼近海面，但在這時它們可能就會成為一群路過大魚的腹中食了。

在一片朦朧的光亮中，老人能真切地感覺到早晨正在一點點地接近。他和他的「老夥計」在海面上越走越遠。在越來越平靜的海面上，他幾乎可以聽到飛魚一躍而出海面時發出的輕微抖動聲，又似乎可以聽到在一片黑暗中它們直挺挺地升空時展開的「翅膀」發出的嗞嗞聲響。老人對於飛魚有一種莫名的喜歡，那是因為在海洋上飛魚是陪伴他最長時間的夥伴，每當海面靜得出奇時，孤單一人在船上每每看到飛魚從海水中靈動地飛躍而出，老人總會覺得那是它們在和自己打招呼。在無邊無際的汪洋中，這難得的夥伴已經成為老人僅有的幾個趣味之一。

當然，海洋上的夥伴還遠遠不止飛魚一種。有時老人看到盤旋在海洋上空的鳥兒們，他都會情不自禁地為它們感到難過，特別是那些纖弱嬌小的黑色小燕鷗，它們一天到晚都在飛啊，找啊，可是最後往往什麼食物都找不到。老人

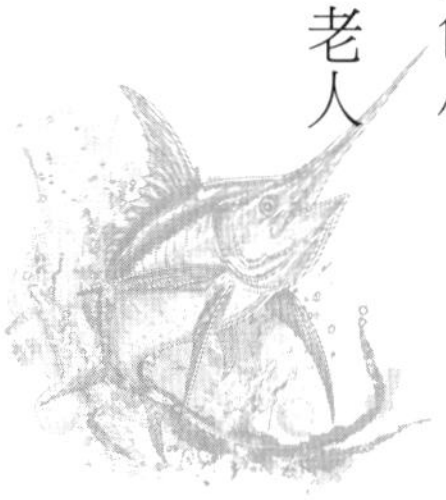

常常會想：這些鳥兒們真的是比我們還要難啊！當然那些強壯的掠食鳥和體積龐大的巨型鳥是要排除在外的。大海為什麼會這麼殘酷呢？為什麼像燕鷗這樣的鳥兒要被創造得如此輕巧纖弱？其實大海是善良的，同時也是美麗的，但不可否認有時它也會很殘暴，而它殘暴的時候，你又往往無法預料。這些纖弱的小鳥兒們不厭疲累地在海面上飛呀飛呀，時不時地扎進海裡覓食，它們哀傷細弱的尖叫著，看看它們賴以生存的大海，相較於波濤洶湧的海浪，它們是多麼的嬌小啊！

老人總是把海洋想像成為「la mar」（「mar」是西班牙語的「海」，「la」是陰性單數定冠詞），那些說著西班牙語的人為了表達對大海的喜愛往往都會這麼稱呼。有時愛它的人也會說一些大海的壞話，但他們往往把它敘述成一個女人。那些稍微年輕一點的漁夫，他們把浮筒當作是魚線的浮標，並且靠著販賣鯊魚肝發了大財、買上了汽艇。這些人則會把大海喚為男性化的

el mar（「el」是陽性單數定冠詞），在他們的眼裡，大海像是他們的競爭對手，又像是某個地點，甚至更像是敵人。可是在老人的眼裡，總是把大海想像成一個女人，有的時候它會發揮自己溫柔的本領對你十分親暱，可偶爾它也會對你生氣，冷漠萬分。每當它生氣冷酷的時候，它的背後往往也有著無奈的理由，老人總相信這個時候的它是不由自主的。月亮會影響大海，正如它也會影響女人一樣。

老人從容地划著船，並不覺得費力，老人頓時覺得自己好像健壯了很多，他把船速控制得很好。當然此時的大海也顯得溫柔很多，只是偶爾可以看到幾處或大或小的漩渦，整個海面卻是一平如鏡。老人多年來的駕駛經驗讓他巧妙地利用了水流這個隱形的幫手。天開始曚曚發亮，老人覺得自己已經比預期所要到達的地方更遠了。

「唉，我已經在『深井』連續捕了一週的魚了，可是一無所獲。今天，我

一定會找到鰹魚和長鰭鮪魚經常出沒的地方，說不定在它們中間還會有一條肥美的大魚。」

老人想著想著覺得更有信心了，於是在天還沒有放光的時候，老人就把釣餌放了出去，他讓船隨著水流不斷地漂移。憑藉著他老練的經驗，他把一個魚餌放到海水四十英尋深的地方，第二個則放到七十五英尋的深度，第三、四個則是放到了藍色海水的區域，它們分別在一百英尋和一百二十五英尋。每個魚餌都向下吊著，鉤柄綁得牢牢的。鉤彎和鉤尖都被新鮮的沙丁魚裹得牢牢實實，他把每一條沙丁魚的眼睛都對穿起來，整體形成半個圓環，環繞著鉤頭的周圍。要知道，對於一條大魚來說，這些釣鉤的每一個部分聞起來都是香氣撲鼻，嘗起來都是可口鮮美。

那兩條新鮮誘人的小鮪魚是小男孩在出海前送給老人的，它們也叫作長鰭鮪魚，老人把它們吊在入海最深的兩條釣繩之上，老人在其餘的釣繩上掛上了一條大金鯵和一條巴氏若鯵，儘管它們以前都被當作魚餌用過，在老人的照顧之下它們依然是完好無損的，不過相對來說它們的新鮮度就要稍微地差一些了，這樣可不足以對「獵物」造成誘惑哦，不過老人總會有辦法的，而且是讓人不得不稱讚的好方法。聰明的老人又用新鮮的沙丁魚為它們增添了香味和十足的誘惑力。每一根釣線都像大枝鉛筆那樣的粗壯，與它們相連的是一根作為釣竿的新折樹枝，只要魚碰到了魚餌，那麼釣竿就會立刻下探。每一根釣線的另外一端都盤著兩捲四十英尋長的釣線，如果到了緊要關頭，它們還可以被接到另外一捲備用釣線上，你絕對想像不到，即使是一條魚拖出去三百英尋的釣線都不成問題。

此時的老人把所有的注意力都放到了三根釣竿上，他全神貫注地盯著這些釣竿，隨時都在關注著它們的動靜，眼神從來不曾離開，就連眨眼也盡量以最快的速度。老人知道今天的希望都寄託在了這三根釣竿上，他輕輕地划著船

槳，為的就是能夠確保釣線可以在海水裡自然垂直，這樣它們才能夠待在最為準確的位置。此時晨光已經漸漸浮現，老人再次抬起頭望向太陽即將升起的方向，他知道，就快了，太陽就快升起來了。

當太陽稍稍露出海平面的時候，那是一輪紅彤彤的半圓形，此刻的太陽沒有光芒，老人才可以靜靜地觀賞，老人喜歡這個時候的太陽，它並不刺眼卻能帶給人希望。老人望了望離海岸不遠的方向，其他的漁船都低低地貼著水面，它們橫著切過灣流，在與水流垂直的方向整齊地排成了一排。太陽越來越亮，強烈的光亮投射在水面上，當太陽漸漸從地平線上升起，一平如鏡的海面把陽光反射到老人的眼睛，頓時，老人感到一陣刺眼的疼痛。他立刻低下了頭躲避開刺眼的陽光，他聚精會神地盯著暗沉沉的海水裡幾根模糊的釣線，只要他發現釣線稍微有一點傾斜，他就會立刻調整船速，因為他要始終確保自己的釣線保持得比別人都直，這樣才能確定在灣流的每一個深度都有一個釣餌，這些魚餌才會在老人定下的準確位置等待著朝它們游過來的大魚。再看看其他的人，他們往往是讓釣線隨意地隨著水流漂移，有的時候有些漁夫會以為釣線已經深入海水一百英尋了，其實釣線只是在海水六十英尋深的地方。

老人又常常會想，我的釣線一直以來都是很精確的，只不過我的運氣差了一些。可是誰又知道呢？說不定我今天就轉運了，每一天都是嶄新的一天。有好的運氣固然很好，但是我始終覺得應該做好充分精確的準備，做到真正的無可挑剔，等到好運到來的時候才能夠勝券在握。

漸漸地，兩個小時就這樣過去了，太陽爬得更高了，老人再次向東方望去，覺得眼睛已經不再那麼刺痛了。他再向近岸的方向望去，只能看到三條船，只是它們都顯得很小很小，因為它們離老人已經很遠很遠，而且又都低低地貼在海面上。

太陽升起的時候，總是會刺燒我的眼睛，老人心想。這是我一生之中注定

的事情，幸運的是我的眼睛還沒有被陽光燒壞。在傍晚的時候，我依然可以欣賞寂靜美麗的夕陽，其實傍晚的陽光也很有力量，只不過它不會刺痛我的眼睛。

忽然間，老人看到前方的天空中好像是某種鳥類正在盤旋著，他使勁瞪了瞪眼睛觀察著那個方向，原來是一隻軍艦鳥正揮舞著長長的黑色翅膀在前方不遠的天空中繞圈。突然間，那隻鳥向下急速俯衝，翅膀緊緊地掠在身後，就像一隻利箭猛地射過來，它傾斜著身體衝下來，到達一定的高度後又開始盤旋。

「哦，它一定是看到了什麼目標。」老人邊大叫著邊把船快速划向前方，因為他知道軍艦鳥的表現絕對不只是簡單的看一看，它一定是發現了什麼，說不定它的發現也會帶給老人新的驚喜。沒錯，在這樣的海上，你必須時刻注意著周圍發生的一切，獵物可不會總是蠢到每次都自己送上門，雖然它們大多數的時候並不聰明，但機會要靠把握，首先你要學會為自己尋求機會。顯然老人在這一點上做得不錯。

儘管此時老人划船的速度變快，可是他並不急，依然是讓船穩定地朝軍艦鳥盤旋的地方划去，沒錯，即使是這個時候，老人依然讓他的釣線保持著垂直，有些規矩就是不能輕易地被破壞，老人堅信這一點。此時相比較灣流來說，他的速度是稍微快了點。他仍然盡力保持著正確的釣法，不過此時的船速的確比沒有這隻軍艦鳥引路時要快一些。

就在這時，那隻鳥飛得又更高一些了，仍然在盤旋著，不過此時它的翅膀一動也不動，往往鳥兒有這樣的舉動就代表它的眼睛已經盯上了獵物，它在等待下手的時機，它死死地盯著那片海面，突然它俯衝下來，頓時就有許多膽小的飛魚受到驚嚇而紛紛躍出水面，接著又從水面上倉皇逃走。「是鬼頭刀！」老人大叫著，「大鬼頭刀！」

他立刻收起了船槳，從船頭的下方取出了一根細細的釣線，釣線上還繫著

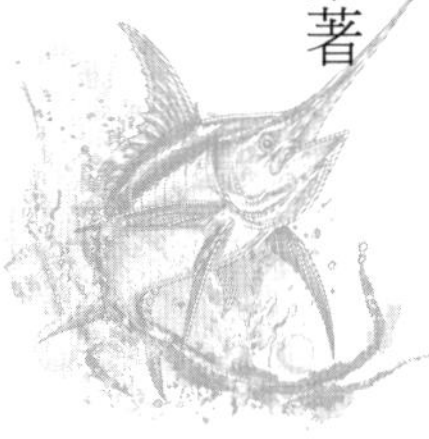

一小段金屬製的導線和一個中號的釣鉤，老人把一條新鮮的沙丁魚吊在釣鉤上，接著他把釣線順著船舷放了下去。釣線的另一端被繫在了船尾的環形螺栓上。緊接著，老人又在另外一根釣線上也放上了新鮮的魚餌，並把它細心地盤成整齊的一團放到了船頭背陰的地方。等到這一切都準備好了，老人才回過頭去繼續划槳，此時他的目光依舊沒有離開那隻低低盤旋在水面上長著長長翅膀的黑色軍艦鳥。

他雙眼就這樣盯著那隻軍艦鳥，突然，鳥兒斜了一下翅膀，接下來一陣猛烈地抖動，又突然俯衝下來，它緊緊地跟蹤著那些逃竄的飛魚，同時也更加瘋狂地撲扇著翅膀，可是這一切都是徒勞的，因為此刻，老人看到了水面上掀起了一陣波瀾，那正是大鬼頭刀緊緊追趕著慌忙逃走的飛魚而引起的。沿著飛魚的逃脫路線，鬼頭刀一路劃破海水，只要是飛魚一落到水裡，它們便也飛快地扎進水裡，迅速地把飛魚包圍起來。這一定是一大群鬼頭刀，老人想。它們從四面八方把飛魚圍得死死的，飛魚沒有絲毫逃脫的機會。而那隻在天空中盤旋的軍艦鳥也不會有任何機會，因為對於它來說，那些飛魚的個頭的確是太大了，它們的速度也的確是太快了。

老人眼看著飛魚一次次地躍出水面，軍艦鳥只是徒勞無功地繼續堅持著。鬼頭刀離我越來越遠了，它們已經遠遠地把我甩在了後面，老人想著。它們實在是游得太快了，畢竟大海是它們的家，它們在自己最熟悉的地方更加顯得遊刃有餘。「鬼頭刀的大部隊我是追不上了，或許我能夠捕到一隻掉隊的，又或者就在它們的周圍會出現我更加想要捕捉到的大魚。」老人心裡想。

就在這時，陸地的上空漸漸升起了像山巒一樣的雲，那雲層薄薄的，就掛在不遠的天邊，它們被風推著移動著，但永遠離不開藍天的懷抱，就像老人永遠都離不開大海的懷抱一樣。海岸遠遠看上去就成了細長碧綠色的線條，就在海岸的背後映襯著幾座灰藍色的小山，如果是在近處看，你會被這幾座山的雄

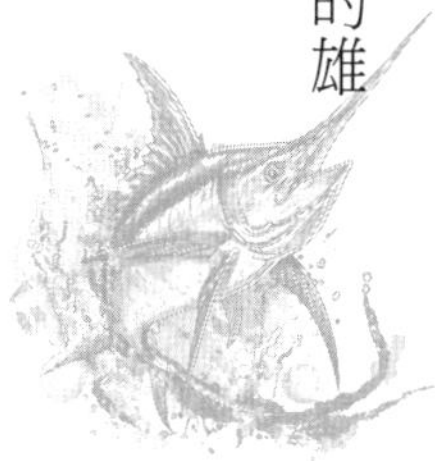

偉壯闊所折服，只是現在老人離海岸實在是太遠了，這壯闊的山巒在他的眼裡也縮小了。

漸漸地，周圍的海水都已經變為深藍色，深得已經有些發紫。老人低著頭向水裡看了看，一片深藍色的水面上散布著星星點點的紅色浮游生物，再仔細看，便能看到太陽射出的奇異光線。老人特別讓釣線一根根筆直地深入到海水中間，一直深入到肉眼無法看到的深度。老人看到如此多的浮游生物，他很開心，因為他知道這說明了此處一定有魚情。

太陽爬得越來越高，奇異的光彩照射在海水中間不停地變換著顏色，這五光十色的海水就像是老人明朗的心情變換著各種情緒，但最重要的是他的心裡充滿了希望，在連續八十多天沒有任何收穫的時候，他依然如此，是因為那個孩子嗎？是因為這陽光嗎？老人不知道，他只是知道現在的自己渾身上下都充滿了力量。「今天的天氣真是好呀！」老人自言自語地說道。微風的吹拂下，陸地上空的雲彩不停變換著形狀，結合你的想像，你會發現那樣的天空裡原來也有一個世界，這個世界同樣充滿了奇幻，充滿了美好。那天空中的雲彩時而像一匹奔馳在廣闊草原上的駿馬，時而像一座坐落在天邊的小山，又像是燕鷗盤旋在碧波藍天之中。沒錯，這的確是個極好的天氣，只是這樣的天氣卻不是每個人都能感受到的，這個天邊的樂園也不是每個人都會發現的，不過老人卻看到了。

現在那隻飛鳥已經不見了，水面又恢復了平靜，只是零星地漂浮著幾塊黃色的馬尾藻，它們在太陽的照射下已經有些褪色，剩下就只是一個僧帽水母的膠質浮囊了，它整體呈現豔麗的紫色，模樣也是十分清晰，陽光的照射下，它散發出彩虹色的光芒，它漸漸地靠近老人的小船，只是緊緊地貼著老人的船漂浮著。這隻水母並不老實，只見它一會兒將身體側向一邊，突然間又挺得繃直，就像是一個活蹦亂跳的氣泡在海面上開心地漂浮著，在它的身後拖著一條

長長的尾巴，毫不誇張地說它足足有一碼長，那是它深紫色的觸鬚，可不要小看了這個觸鬚，它的威力足可以要一個人的命。

「僧帽水母，」老人大叫，「你這個討厭的東西。」

老人從划槳的地方向水裡望去，他看到成群的小魚，它們的顏色和水母拖動的觸鬚相仿，這些活潑的小魚自由自在地穿梭在水母的觸鬚以及浮囊在漂浮時所投射出的一個個小小陰影之間。這些小魚是不畏懼毒性的，在這方面它們可比人類要強多了。一旦水母的觸鬚纏繞住釣線，那些紫色的觸鬚就會像黏稠的泥土一樣緊緊地包裹住釣線。而當老人把釣線一點點收回的時候，手和胳膊一旦碰到釣線就會被它的毒液灼傷，那種被灼傷的感覺絲毫不亞於被有毒的藤蔓或是橡樹刺傷所帶來的疼痛。唯一不同的是，水母的毒液會發作得更加快速，就像是手臂上著了火，又像是被皮鞭一鞭一鞭地抽著，火辣辣的刺痛感直鑽入心。

儘管水母的毒性很強，可是如果你是第一次見到它們，漂亮的外衣還是成功地騙過了很多人。那些彩虹色的美麗浮囊幫了它們很多的忙。當然，水母在大海也有屬於它們的天敵。老人一直都認為水母是大海裡最虛假的動物，所以他也最喜愛看到大海龜一口把水母吞到肚子裡。大海龜只要一見到水母，就像是遇到了仇敵一樣，它們往往會從正面一直逼上去，接下來它們會閉上自己的眼睛把身體縮到堅硬的龜殼裡，有了堅硬的龜殼保護，當然就不會再害怕水母的觸鬚了，它們張開的嘴巴足以將整個水母全部吞入肚子裡，而將水母一古腦兒地吞下去也是大海龜最喜歡的食用方式。老人喜歡看到海龜用這種方式來享受這份水母大餐。同時，老人也喜歡在暴風雨過後的海灘上散步，因為在這個時候他可以輕而易舉地從水母的屍體上踏過，老人那雙早已經生了老繭的腳不會感到絲毫的疼痛，同時還能夠聽到踩到它們身上啪啪的聲響，那是老人非常喜愛的聲音。

相較於那些披著虛假外衣的水母，老人顯然更加地喜歡那些憨態可掬、走起路來慢吞吞的大海龜了，它們憨厚老實的模樣，總會給人一種真實可愛的感覺，老人喜歡和它們做朋友。當然大海中的海龜也是各種各樣的，它們之中也有老人偏愛的種類。比如他就很喜愛綠蠵龜和玳瑁，是的，它們的確是招人喜愛，它們就像是海洋王國中優雅的公主和王子，從容優雅的舉止又不失敏捷的速度，實際上它們的價值也是不錯的。相較之下，那些龐大而又笨拙的赤蠵龜就沒有那麼招老人的喜愛了，它們整日都頂著厚重的黃色龜殼，彼此間交配的方式也很奇特，它們吃僧帽水母的時候總是閉著眼睛，像是在細細地品味著，非常愜意的樣子。當然儘管老人並不是很喜歡這些赤蠵龜，但還是充滿善意，他從來都不願去傷害它們。

雖然老人在捕龜船上待過好幾年，可是他從來都不相信有關海龜的迷信說法。善良的老人只是為海龜感到傷心。即使是有一條小船那麼長，有一噸重量的革龜，老人也會為它們感到難過。因為實在是有太多的人選擇用那些殘酷至極的手段來對付它們，他們會無情地把這些原本可以自由自在地在大海中暢游的海龜開膛宰殺，可是頑強的海龜在被宰殺後的幾個小時內心臟都仍然會跳動。人類也許想像不到它們的痛苦，但老人卻總是在想：我和它們有著一樣的心臟啊，和它們一樣也有手腳。每每想到此，老人都會替這些本就屬於海洋的海龜感到傷心。老人只是偶爾會吃一些白色的龜蛋，那也是為了能夠讓自己長些力氣。每到五月份他總是會從月初一直吃到月末，只有這樣到了九、十月份，老人才會覺得自己生龍活虎，結實得不得了，即使碰到再大的魚都讓老人有自信能夠將它們打敗。

為了對付很大的魚，老人還做了不少的準備，他每天都會喝一杯從棚屋中的一個大桶裡舀出的鯊魚肝油。那是一個漁夫們用來盛放漁具的棚屋，盛著魚油的大桶就放在屋內，無論是誰想要喝都可以喝，可是不要以為這是什麼人間

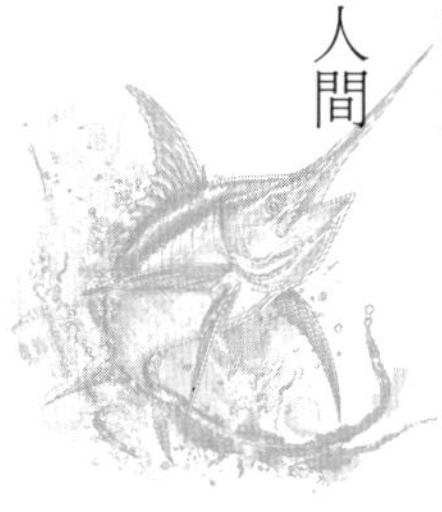

美味，有很多漁夫都受不了魚油這股嗆人的味道，但是比起漁夫們每天都要起個大早出海捕魚的滋味，這味道還算是好的，更重要的是它還可以有效地預防傷風感冒，對於人的眼睛也有保護使其更加明亮的功效。

老人又一次抬起了頭，他看到那隻鳥又在天空中盤旋了。

「它找到魚了。」老人突然間大叫。可是他沒有看到飛魚飛出海面，也沒有看到餌魚四散逃開。老人看著看著，突然一條小鮪魚躍出了水面，衝向了空中，到了空中一個輕盈地轉身，緊接著又綳直了身體，直挺挺地地落入水中。在空中，它完成了一個完美的跳水姿勢，在陽光的照耀下全身都是銀光閃閃的。這隻鮪魚剛剛落入水中，很快地又有另外一隻跳出水面，老人環顧了小船周圍一圈，四面八方的魚都在跳動，海水被它們攪動得起了層層波瀾，它們盡力跳到最遠的距離去追逐魚餌。

如果它們能夠游得慢一點，我一定會跳入海裡，衝到魚群中去，老人這樣想著。他看著魚群在海水中攪起了白色的水花，那隻盤旋的鳥兒一個俯衝就闖到了魚群中。一陣驚慌，餌魚就被迫游到了水面上。

「真是要感謝這隻鳥，它可是幫了大忙。」老人說道。就在這個時候，老人的腳下突然有了感覺，踩在腳下的釣線突然間繃得緊了。老人立刻放下手中的船槳，他的手握緊了釣線，運足了全身的力氣開始往船裡拉釣線，越是往船裡拉，釣線上的魚就抖動得更加厲害，老人看向釣線的另一端，雖然魚還沒有掠過船沿，可是老人已經可以看見在海水中藍色的魚背和它兩側金黃色的身體了。很快，魚被拉上了船，那條魚躺在船尾的地方，形狀就像是一顆子彈，身體結實得不得了，它的一雙眼睛瞪得很大，依稀可以從裡面看到愚蠢的神色，拼命抖動的尾巴還在做著最後的掙扎，那抖動的幅度越來越大，劈里啪啦地撞向船板。老人不忍心看它再受臨死前的折磨，他用穩當而恰到好處的力度在魚頭上用力敲了一下，接著把它放到了船尾陰涼的地方，它變得平靜多了，只是

身體還在不停地顫抖著。

「是長鰭鮪魚，它足足有十磅重，這下我又多了些魚餌。」老人的嘴角露出了微笑。

第四章　未曾謀面的對手

八十多天來，老人終於捕到了第一條魚，這是個好兆頭。在這片神秘的大海上，老人繼續航行著，他覺得今天一定還會有更大的收穫。他已經有些等不及了，因為他預感到了一種未知的驚喜正在慢慢地向他靠近，在這片海上，他從來都不會覺得無趣，因為你永遠都不知道前方會有怎樣的驚喜正在等待著你。這不，他遇到了一位來自深海中的對手，還未謀面，老人就已經感覺到它是一位實力強勁的對手。

突然間老人意識到自己說話的聲音好像大了不少，可是他並不知道自己的聲音是何時變大的。老人只是依稀記得以前在漆黑的夜晚，海面上格外地寂靜，為了在那個時候排解寂寞，才會獨自一人輕輕地哼上兩句歌。或是從小帆船中，或是從捕龜船裡，都能夠聽到老人低低的吟唱聲。是啊，對於老人來說這樣的夜晚是難熬的，獨自一人在浩瀚無邊的大海上值班掌舵，也許只能用歌聲來調節自己的心情。

對於現在的老人來說，這樣寂寞的感覺並沒有變淡，反而是加劇了不少。是的，小男孩離開之後就只剩下自己一個人了，也許就是小男孩離開後不久，老人才開始漸漸地大聲說話，不過老人自己似乎都不記得了，以前每當他和小男孩一起出海捕魚，只有在最必要的時候，老人才會開口說話。平時大多是小男孩在一旁不停地說著，老人只是時不時地對著小男孩點頭、微笑，很多時候老人都會覺得驚訝，他怎麼有那麼多的話要說呢。老人還記得，小男孩的膽子不小，可是每當在海上遇到暴風雨襲擊的時候，小男孩還是會有些害怕，儘管他是盡力硬撐著，老人還是看出了他的驚慌，細心的老人在這個時候總會找到一些小男孩感興趣的話題和他聊天，小男孩遇到這些話題也總是會滔滔不絕、手舞足蹈地講給老人聽。當然，有些話題老人並不很感興趣，有那麼一秒鐘，老人也會覺得眼前的這個孩子有些煩，可是還好，這一秒鐘過去後，老人還是會覺得眼前的這個孩子是那麼的可愛，只不過現在老人再也聽不到小男孩吵鬧的聲音了。其實，在海上不隨便進行不必要的交談被認為是一種美德，老人也一直是這樣認為的，而且一直以來他都十分推崇這種觀點。可是如今老人的小船在海面上越漂越遠了，他周圍一大片海域都看不到一條船，老人就算是扯開嗓子喊也不會打擾到任何人，所以老人可以盡情地大聲表達自己的想法。

「也許別的人聽到我現在說話的聲音，一定會以為我是個瘋子，」老人又不由自主地大聲說，「可是這又有什麼關係呢？我並沒有瘋，自然也就不會在

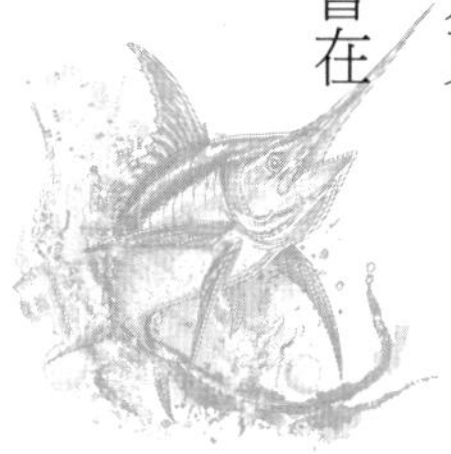

乎了。畢竟我不像那些有錢人，在他們的船裡會有收音機和他們作伴，那裡時常都會傳來棒球賽的消息。」

哦，不，現在怎麼能夠想棒球賽的事呢？老頭，專業一點。老人心裡想道。現在的我應該去想的只有一件事，就是那件我生來就已經注定要做的事，也許就在那個魚群的附近會有一條又肥又大的魚，老人想道。現在我不過是在那些成群吃著魚餌的長鰭鮪魚中捉到了一條離群的魚。整個魚群現在已經向更遠的地方游去了，它們的速度實在是太快了。好奇怪，為什麼今天在海上遇到的東西都游得如此之快呢？而且它們全都不約而同地向東北方向游去。是這個時間有什麼特殊的嗎？還是預示著某種罕見的天氣變化即將到來？真可惜，目前為止，老人對這一切都還只是充滿疑問。

小船在大海中航行得越來越遠了，此刻老人再次環顧四周，他再也看不到碧綠色的海岸，只能依稀望到在遠處暗藍色山巒的山頂，奇怪的是那山頂從遠處望上去卻是一片潔白，就像是被白雪所覆蓋。除此之外，老人還能看到雲彩，那白白的雲彩更像是飄浮在天空中的雪山，那遠處的白色峰頂和這懸浮在半空的「雪山」一時之間都映入老人的眼簾，他多少有些分不清了，只是這海天融為一體的景象卻是美得出奇，讓人不禁讚歎。低下頭，老人又看了看船下的海水，那海水的顏色有些深暗，只是陽光照射在海水中形成了折光。那些斑斑點點的浮游生物在高高升起的太陽照射下都已經逃竄開來，早已經不見蹤影了。現在再望向海水裡，老人的視野似乎清晰了許多，他能看到的只有那深深的大折光，還有那筆直地深入海水中長達一哩的釣線。和海岸告別，是漁夫們每天都會做的事情，只不過這一次老人的心情似乎更加明朗了，他知道這一次一定會有自己的收穫。

鮪魚再一次潛入到海水深處。漁夫們把這一類的魚都稱為鮪魚，只有在出售它們或是用它們來交換魚餌時才會加以區分。陽光的照射越來越強烈了，早

上那股清冷的感覺已經煙消雲散，在老人的頸背部明顯感到了一股陽光帶來的暖意，如果是坐在家門的躺椅上享受這樣的陽光也許是極好的，可是此時的老人還在拼命地划著船，這樣的陽光似乎就顯得有些強烈了，顆顆汗珠慢慢從老人的背上流淌了下來。

這麼熱的天氣，也許我可以讓小船自由地隨水漂流著，老人的腦中忽然閃過這樣一個念頭。如果還是不放心，我也可以把釣線一端的繩套套在自己的大腳趾上，即使是發生什麼情況，我也會在第一時間知道。可是這一切想法都不行，今天是第八十五天了，沒錯，第八十五天了，我必須集中所有的精力去捕魚，如果我能捕到更多的魚，那孩子也會為我開心的。所以那些偷懶的想法也只是在老人的腦海中一閃而過罷了，他依舊全神貫注地盯著那些釣線，一刻也不敢鬆懈。

老人這樣的全神貫注還是有收穫的，這不，就在他一旁的一根綠色釣竿突然間向下一沉。「好極了。」老人驚喜的神情中帶著小心翼翼的聲音，他不敢太大聲，深怕他的聲音一大就會把上鉤的魚嚇走。「好極了。」老人又重複了一次，他邊說著邊把船槳收回了船內，老人熟練的手法使他的動作又快又準，收回的船槳絲毫沒有碰到船邊。他伸出了雙手去拉釣線，經驗告訴他用右手的大拇指和食指夾線是最佳的辦法，可是這次似乎和以往都不相同，這次的釣線並沒有繃得很緊，而且他用手試著拉了一下釣線也沒有感覺到有什麼重量。老人小心翼翼輕輕地抓住釣線。過了一會兒，只見釣線又是深深的一沉，老人試探性地拉扯了一下釣線，他心裡很清楚這是怎麼回事，這不過是他使出了虛晃的一招，他知道釣線的那頭還沒有什麼重量。此時老人的心裡卻在暗暗慶幸，他知道就在一百英尋的海水下，一條馬林魚此時正咬著魚餌，也許那手工做的精巧無比的釣鉤此時此刻正鑽進了馬林魚的頭部，那鉤尖和鉤身也一定都被馬林魚嚴嚴實實地包裹住了。

老人再次輕巧地抓住了釣線，他用左手把釣線從釣竿上解了下來，當然對於老人來說這些動作早已輕車熟路了，要是以前漁獲多的時候，這樣的動作他一天都不知道要做上多少次。現在的他可以自然地讓釣線穿過指間而不會讓魚有絲毫的緊繃感。

老人回頭望了望，不知是什麼時候，老人已經划到了這麼遠的地方。在如此遙遠的地方，又是在這個月份，這次我碰上的一定是一條極大的魚。魚兒啊！快點吃吧。請快些吃吧，看看這些魚餌是多麼的誘人啊，你整日都生活在深達六百呎冰冷黑暗的海水中，應該很難吃到如此美味的魚餌吧，請你快快從黑暗的海水中轉過身來吧，快點來吃我的魚餌吧。老人心裡暗暗地祈禱著。

就在這時，老人突然間覺得釣線又被輕輕拉扯了一下，那微小的扯動，如果不是多年捕魚的人根本不可能察覺。就在這下輕輕地扯動之後緊接著又是一下，這一下似乎力道更加重了一點。老人知道這一定是沙丁魚的魚頭很難從鉤子上咬下來，那條上鉤的魚也許此時正在和它激烈地搏鬥。可是就在那拉扯一下之後，很快地又恢復了平靜。

「來呀，別走，再轉過身聞聞我的魚餌吧，你難道不覺得它很美味嗎？快來嘗嘗吧，一定要趁新鮮的時候吃哦。你再仔細看看上面還有鮪魚，那鮪魚既爽口又充滿了嚼勁，你嘗一嘗就知道它有多好吃了。千萬不要害羞，魚兒，吃吧，這可是我專門為你準備的。」一片汪洋上的老人對著那條深達六百呎就要上鉤的魚說道，也許你會覺得他瘋了，可是沒有辦法，現在的他實在是太想捕到一條真正肥美的大魚了。

儘管老人的願望是如此強烈，可是他並不焦急，他告訴自己要有耐心，一定要靜靜地等待這條大魚上鉤，因為他知道一切美好的事物都值得他耐心地等待。他依舊把釣線夾在了大拇指和食指之間，他的眼睛緊緊地盯著這條釣線，當然他偶而也會轉向一邊去看看其他的釣線，聰明的老人想到，魚兒是不會總

在一個深度的海域活動的，也許此時它正游上來，又或許已經潛下去了。接著，釣線又被輕輕地拉扯了一下。

「它一定會吃我的魚餌的，」老人再次大聲地祈禱著，「上帝啊，請求你幫我這一次吧，就讓它吃吧。」

遺憾的是魚兒並沒有咬鉤，它默默地游走了，老人的兩隻手有了空空的感覺，他什麼也抓不到了。

「不，絕不可能，它一定不會游走的，」老人說，「上帝知道它一定不會游走的，它此時一定正在轉身。它在猶豫，也許以前它曾經被釣鉤傷害過，它對那樣的經歷也許仍然記憶猶新。」

果然，老人的不放棄讓他又看到了轉機，這時手中的釣線又被拉扯了一下，老人的心裡又高興了起來。

「是的，我就說嘛，它剛剛不過只是稍稍地轉了一下身，」老人說，「它一定還會再次咬鉤的，看著吧。」

手中的釣線開始頻繁地動了幾下，老人的心跳似乎也跟著加快起來。釣線動得越來越厲害，而且突然間加重了很多，老人知道那是上鉤的魚的重量，他預料的沒錯，從目前來看這的確是一條不小的魚。老人立刻讓釣線順著自己的手向下滑去，釣線就這樣往下，再往下，老人放出了兩捲備用線中的整整一捲。儘管此時釣線只是在不斷地往下，他的拇指和食指之間並沒有用上任何的拉力，可是老人還是能夠體會到這條上鉤的魚巨大的重量。

「這是一條多大的魚啊，」老人說，「此時此刻它一定正牢牢地咬在魚餌上讓魚餌拉著它走。」

現在它應該正在轉身，它正吞食著魚餌，可是這一次老人沒有說出口，因為現在的他認為美好的事一旦說出口也許就不會再實現了。他現在確信這是一條很大的魚。在他的腦海中正在不停地上演著深海中的一切事情，這條大魚正

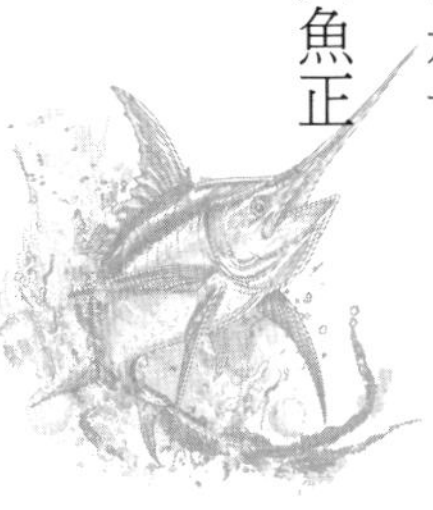

在叼著鮪魚的魚餌在黑暗的海水中不停地游著，沒錯，它正在游啊，游啊，就在這時，老人突然間覺得這個身材龐大的傢伙好像是游不動了，可是它的重量卻還在。停下來的大魚，它的重量更加的重了，老人立刻又放出了一些釣線，同時他也加大了自己拇指和食指之間的拉力，釣線上瞬間增加的重量還是讓釣線一直往下滑著。

「沒關係，它現在一定已經咬鉤了，那就讓它吃個夠吧。」老人說。

老人就這樣讓釣線一直滑下去，他伸出左手快速地將備用釣線的一端繫在了另外一條釣線所連接的兩捲備用線的環扣上。現在一切都就緒了，除了已經用上了的線繩，他還剩下三捲長達四十英尋的線圈。

「再吃一點吧，可愛的魚兒。」老人說，「好好地吃。」

吃下去，這樣才能讓鋒利的鉤尖刺穿你的心臟，殺死你，老人想著。然後再慢慢上來，讓我用魚叉一下刺進你的身體。行了吧？怎麼樣，大傢伙，準備好了嗎？你吃得夠久了吧。

「好吧！是時候了，來吧。」老人大吼一聲，他的手猛拽了一下釣繩，用盡力氣收回了一碼的釣線，然後他又繼續不停地拽著釣線，用盡胳膊的力氣，再加上身體轉動的力量，他拼命地輪換著兩隻手臂，用力地往回拽著釣線。

儘管老人用盡了全身的力氣似乎還是無濟於事，那條大魚還是漸漸地游遠了。老人第一次覺得自己是這樣力不從心，他甚至連一吋都沒有將大魚拉上來。所幸的是老人的釣線還是十分堅韌的，沒錯，那是他專門用來釣大魚用的。不行，這樣下去可不行，我一定能想到什麼辦法來對付它的，老人心裡想著。於是老人變換了一個姿勢，他盡力把釣線抬高了一些，接著把它背在背上，聰明的老人巧妙地藉助了背的力量開始拉扯在深海中的大魚。此時的繩子繃得越來越緊，硬梆梆的，就像是一根直挺挺的木棍，釣線上的水珠也開始紛紛往下落。

老人靈敏的耳朵聽到了一些細微的吡吡聲，那是釣線被拉長的聲音，老人沒有放棄，此時的他仍然緊緊地攥著釣線，死死地抵著船上的座板，他的身體往後仰，和大魚的拉力相抗衡。此時他卻發現自己的身體正在漸漸地移動，哦，不，不是身體，而是船，老人的小船此時正在慢慢地向西北方向駛去。

沒錯，那是海水下的魚正在向西北方向游去，此時它正帶領著小船也向西北方向移動著。好在現在的海面比較平靜，老人和他的船隻是平緩地航行著，其他的幾根釣線在海裡並沒有任何的動靜，並不需要老人費心，只不過目前老人還是沒有辦法對付這條大魚。

第五章　奉陪到底

這個未曾謀面的對手實在不是那麼好對付，老人用盡所有的辦法，可是至今爲止，老人還沒有看過它一眼。它的身軀究竟會有多麼的龐大，它又會是什麼樣子呢？會很醜嗎？還是會區別於其他魚類的美麗呢？現在的一切都是未知的，老人不知道這層神秘的面紗究竟什麼時候才會被揭開，但也許保留它本身就是一種美好。那個大傢伙目前還是一直待在深海中，朝著一個方向，不停地游啊，游啊。它的力氣大到可以拉動整條船，老人只能將釣線掛在自己的肩膀上才能控制住它。老人的肩膀已經被釣線勒出了傷痕，他會放棄嗎？還是選擇繼續堅持？

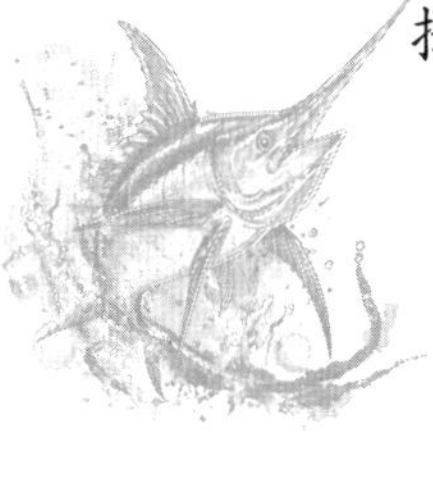

老人和船就這樣被大魚繼續拉著前行，「現在真希望那個孩子在我的身邊啊，」老人大聲地說著，「我就這樣被一條大魚拖著走，就像是一根繫著繩子的木樁。當然我也可以把釣線就這樣固定住，可是萬一魚的速度稍作改變，那麼這釣線很有可能就會在一瞬間斷掉。我一定要拼命拉住，沒錯，一定要拼命拉住，等到魚需要的時候我就要立刻放一下。謝天謝地，好在現在這條大魚只是在一直朝前游著，它還並沒有往更深的海水下鑽。」出海已經有一段時間，老人開始想念那個孩子了，沒錯，要是他在的話也許就能幫上老人一些忙。

對了，要是它真的往下鑽，我該怎麼辦？我不知道，要是它沉到了海底，我就可能死在那裡，我又該怎麼辦？我不知道。是的，這些我都不知道，我要快點想些辦法，總有一些事情是我可以做的。

老人稍微調整了一下姿勢，還是用脊背用力地抵住釣線，他看著釣線就那樣傾斜著插入深海中，小船還是依舊不停地向西北方向移動著。

再這樣下去，它一定會死的，老人想。它總不可能就這樣一直游下去吧。時間一分一秒地流逝，四個小時就這樣悄無聲息地過去了，那一條魚依然拖著小船不停地向遠海的方向游去。老人也依然繃緊著斜背在肩上的釣線。

「它上鉤的時間是中午，」老人說，「現在已經過去四個小時了，我沒有放棄，可是一直到現在我還沒有看到它一眼。」

實際上四個小時過去了，此時老人也感到了種種的不舒服。在鉤住這條魚之前，老人為了躲避陽光的直射，他把戴在頭上的草帽壓得很低很低，而且是緊緊地扣在腦袋上，四個小時後的現在，帽子已經磨痛了他的額頭。然而這樣的疼痛老人還是可以忍耐的。只是眼下，口乾舌燥的老人再也忍受不住口渴的難耐了，他的眼睛緊緊地盯著擺在船頭的水瓶，此時的他恨不得一個箭步就衝到船頭，可是他背上的釣線讓他不得不另外想辦法。老人緩緩地蹲下身體，雙

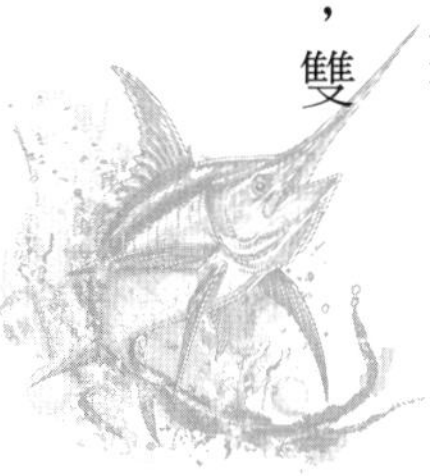

膝跪在地上，他小心翼翼地盡量不讓釣線有大幅度的晃動，身體則是緩緩地向船頭挪動著。到了船頭，他的一隻手仍然沒有放開釣線，只是用另外一隻手拿起杯子，費了九牛二虎之力才把杯蓋打開，老人飲下第一口水就覺得爽口極了，甜甜的味道緩緩地滲入喉嚨，他覺得這好像是世界上最甘甜的味道，是這輩子喝過的最好喝的水。

老人回頭望了望，此時的他已經完全看不見陸地了，不過看得見與看不見對於老人來說其實都是一樣的，只要借著哈瓦那的燈光總能找到回家的方向。只是這一次老人會走到多遠的地方，連他自己也不知道，因為現在的他已經身不由己，除了跟隨著這個大傢伙，他再也想不到任何其他的辦法了。究竟還要走多遠，老人不知道，在那個地方會不會看不到哈瓦那的燈光，老人也不知道。現在只知道自己和小船還要一起向前，也許驚喜就在前方呢？誰也說不準。現在距離太陽下山還有差不多兩個小時，也許它在太陽下山前就會上來的，如果在那之前它沒有上來，那麼等到月亮升起來的時候，也許它就會上來了。如果還沒有，那等到太陽再次升起來時，它也許就會上來了。老人的心裡始終都抱有這樣的信念，也正是這樣的信念支持著老人不斷地向前，身處在這樣的境地，老人想到的還是那些美好的希望，他總是能夠為自己找到新的希望，即使是在自己一個人的時候，即使是在自己一個人還要面對一位未知的無比強勁的對手的時候。還好，我現在並沒有抽筋，我的身子骨還算是結實，而它的嘴中此時還帶著鉤子。不過它的力氣的確是很大，它會是多大的一條魚呢？它的嘴巴現在一定是被金屬絲牢牢地鉤住了，真想看看它現在的樣子，哪怕只有一眼也是好的，至少我可以知道我到底是在和什麼樣子的東西進行著搏鬥，老人這樣想著。

兩個小時又很快地過去了，月亮交替了太陽的崗位，害怕月亮孤單的星星們也跟在月亮的身後陪伴著它。在一片茫茫的大海上時刻清楚自己航行的方向

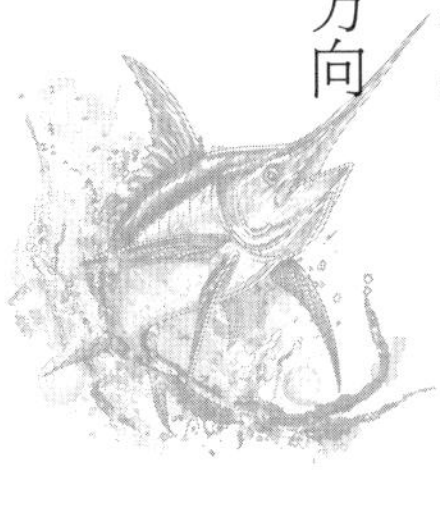

是十分必要的，老人的船實在是太簡陋了，所以星星不僅僅陪伴著孤單的月亮，也同時陪伴著孤獨的老人。而且這些夜晚裡的朋友還幫了自己不小的忙，就是靠著一直望著星星，老人才確定那個未曾謀面的對手整個晚上都沒有改變路線，方向一直都沒有變。太陽下山後，天氣漸漸變得寒冷起來，那陰冷的海風吹乾了老人胳膊、背上和雙腿上的汗水，海上的晝夜溫差是很大的，老人的身體開始發冷，就像是從炎熱的酷暑直接進入了陰冷的寒冬。好在白天老人已經把船上一個蓋著魚餌箱的麻袋攤在太陽底下曬乾了。他早就已經想好了，一旦太陽下山之後，他就會用這個麻袋裹住脖子，垂下來的麻袋正好可以蓋在背上。可是如今看來，怎樣順利地把麻袋蓋在身上卻是一個不小的挑戰。他依舊是用一隻手拿起麻袋，然後將它小心地塞到了肩膀上的釣線底下，這樣麻袋就可以墊著釣線了。趁著這個機會，老人正好調整了一下姿勢，這一次他彎著身體輕輕地靠在了船頭上，這個姿勢讓他感覺舒服多了。哦，不，也許還不足以用舒服來形容，只是沒有那麼難受了。也許在老人眼裡，那就已經能算得上是舒服了。

沒錯，我們就這樣互相耗著，我拿它沒有任何辦法，它也拿我沒有辦法，老人想。如果它就這樣一直地游下去，那我們彼此是誰也奈何不了誰，但唯一可以肯定的是，最後一定是撐得比較久的一方會贏得最後的勝利，所以我還得堅持下去。老人沾沾自喜地說，這是我的長項，這一次也不例外。

這樣的姿勢又不知保持了多久，他覺得還是需要再確定一下航路，於是他又看了看星星，看了看自己現在前行的方向。他看到肩上的釣線是筆直地插入到海水中的，甚至在一片水波裡還能看到它閃現的一道磷光。只是現在魚和船都移動得更慢了，那來自遠方的哈瓦那燈光也不是那麼明亮了，這一切都告訴老人水流正帶著他們向東走去。如果連哈瓦那的燈光都看不到了，那就代表老人向東走了很遠。如果大魚的路線還是一直不改變的話，接下來的幾個小時我應該還是可以看到亮光。今天正好有一場棒球大聯賽舉行，不知道比賽的結果到底怎麼樣。對於漁夫來說，如果能在船上放一台收音機那該是一件多麼幸福的事情。聽著比賽的消息說不定我會興奮地在船上跳起來，到那個時候就不知道這個「老夥計」還能不能夠承受得住。那樣的話，我也許就不能夠專心致志地對付這個大傢伙了，所以有時候擁有也不見得是什麼好事，別胡思亂想了，老頭，還是趕快想想你現在擁有的東西吧。於是老人很快地就把自己從虛空的幻想中重新拉回現實，是呀，不要再做不必要的奢望了，還是用心想想自己現在正在做的事情吧，可不要幹出什麼傻事哦，老人一直用這些話告誡著自己，很慶幸，他也真的做到了。

接著，老人又想到了小男孩，他依舊是大聲說著：「現在真的希望那個孩子能夠待在我的身邊，至少也能讓他幫我見識一下這樣的場面。」老人的眼睛就靜靜地望著船板上那個孩子曾經坐過的地方，小男孩正興奮地望著海水裡的一靜一動，一個浪花濺上來清涼地拍打著小男孩的小臉，在陽光的照射下，小男孩是那麼的開心，他看到了老人在注視著他，於是轉過頭衝著老人開心地大笑。老人也被他的笑容感染了，他也衝著小男孩微笑著。老人微笑著眨了下眼睛，再次睜開的時候，小男孩不見了，那張純真的笑臉也不見了。老人只是望著空空的船板，然後自嘲似的發出了一聲苦笑。

人一旦上了年紀就很容易會懷念，懷念曾經陪自己一起走過的人，一起經歷的事，不同的是有的人更多地記住那些讓自己快樂的人或事，可是有的人卻只會記住那些讓自己傷心的人或事，老人懷念著那些曾經對自己好的人，那些自己無比珍惜的人，可是想想目前的自己難免會有心有餘而力不足的時候，這個時候單槍匹馬地作戰就不再那麼容易了。可是這又有什麼辦法呢，對於老人來說這都是避免不了的，他多麼希望時間能過得慢一點，自己可以再年輕一些，他年輕時渾身都充滿力氣，無論做多勞累的活，他都不會覺得吃力。可

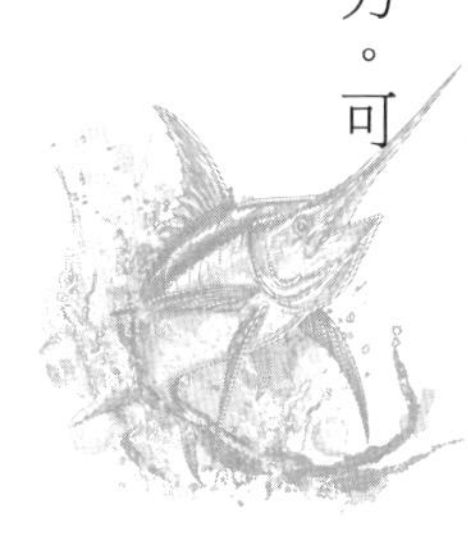

是如今歲月的磨礪已經讓他倍感力不從心了，他只能想盡一切辦法盡量讓自己保持身強力壯，聽說吃鮪魚可以起到很好的效果，老人就時刻想著一定要趁鮪魚還沒有腐壞之前就把它們全部吃掉。為此，老人在心裡默默念上好幾遍：記住，即使沒胃口，你也一定要在早上把它吃下去，一定要記住。

在夜裡，老人在隱約之中突然聽到了一些聲音，那像是一些什麼東西在翻滾和噴水的聲音，老人知道在附近的不遠處一定有海豚的存在。如果仔細聽的話，老人甚至可以辨別出雌性海豚歎息似的噴水聲和雄性海豚吹氣似的噴水聲。

「海豚是讓人羡慕的動物，它們可以自由地在大海中玩啊，鬧啊，而且永遠都是那麼相親相愛。其實它們也是我們的兄弟，就和飛魚一樣。」老人又不禁感慨了起來。

相比這些讓人羨慕的海豚，老人又想起了那條在深海中被他的釣鉤緊釣著的大魚，現在的老人已經開始有些同情它了，沒錯，實際上它是很了不起的。而且很奇特，沒有人知道它多大了，老人想著。我已經出海捕魚這麼多年，可是好奇怪，為什麼沒有碰到過力氣如此之大的魚呢？而且它的行為也很奇怪，已經這麼長的時間了，它就一直這麼游著，甚至都不改變方向。也許它真的是太聰明了，所以一直躲在深海裡都沒敢浮出水面。當然，如果它要是往上跳的話，在它一上一下地折騰下，恐怕我和我的「老夥計」就凶多吉少了。又或者，它在以前曾經也被鉤到過，就是利用這樣的辦法最後成功地逃脫了。不過，它是不可能知道的，這次他碰上的是不同的漁人，而且還是一位有著多年豐富經驗的捕魚老人。到底它會有多大呢？如果它的魚肉能夠新鮮肥美一點，那在市場上一定可以賺到不少的錢。它剛剛咬到魚餌時的表現很像是雄魚，拉扯的方式也很像是一條雄魚，在和它的對抗中，它也總是淡定、從容、不慌不忙的，不知道這是不是它的計謀，還是它也像我一樣準備拚命了。

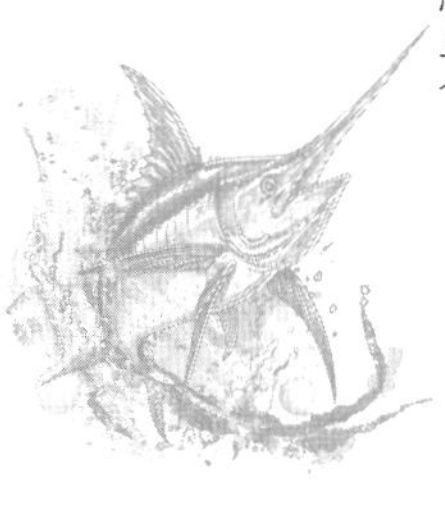

其實老人有的時候覺得自己是很殘忍的，即使是在茫茫的大海上，他也曾遇見過感動的畫面，隨著年紀一天天增長，他的腦中頻頻浮現這些曾經發生過的畫面，特別是在一個人的時候，老人更喜歡回憶那些也許不是什麼驚天動地的大事，可是它們卻都留在了他的心裡。還記得那是一對大的馬林魚，它們在海水中自由自在地游著，它們是一對十分恩愛的夫妻，就像是人類一樣，它們之間也有著很深的夫妻感情。每每遇到食物，雄馬林魚總是很紳士地讓雌馬林魚先享用。那一次，雄魚像往常一樣又將食物讓給了雌魚，只是它們不知道這一次碰上的是捕魚人的魚餌。雌魚剛剛上鉤，老人就已經有所察覺，他快速地拉著釣線，雌魚拼命地掙扎著，它既驚慌又無比絕望，發現自己離雄魚越來越遠了，它的心裡卻只有一個強烈的信念，一刻都不想離開雄魚。雄魚看出了雌魚的心思，所以就一直都游在雌魚的身旁陪伴著它，雖然此刻的雄魚無能為力，可是它只是想要陪著雌魚，哪怕再多一刻也好。

可是雄魚實在是靠得太近了，老人擔心它會把自己的釣線割斷，要知道馬林魚的尾巴就像是鐮刀一樣鋒利，它的大小和形狀也很接近鐮刀的樣子。老人一把就用手鉤鉤起了雌魚，那時的老人還要稍微年輕一些，動作敏捷而迅速，他抓住雌馬林魚長劍般的魚嘴那猶如砂紙的邊緣，接著開始對著它的頭部敲打，魚身上的顏色開始有了變化，漸漸地變成了鏡子背面的顏色。隨後，在小男孩的幫忙之下，他們一起把魚拉回了船上。而這一切的過程，那條雄魚都陪伴在船邊，一直都在。後來老人開始整理釣線，就在老人準備魚叉的時候，那條雄魚突然竄了起來，它用盡全身的力氣一躍竟然躍到了船邊的上空，它應該只是想再看一眼它心愛的妻子，哪怕是最後一眼。可是它用盡全身的力氣卻發現自己在半空中堅持不了多久。隨後它只能張開紫色的翅膀游回了深海中，此時它多麼希望那是一雙翅膀啊，這樣它就能飛到空中繼續陪著它心愛的妻子了，可是那只是它的魚鰭，上面布滿了深紫色的寬闊條紋。在湛藍大海的映襯

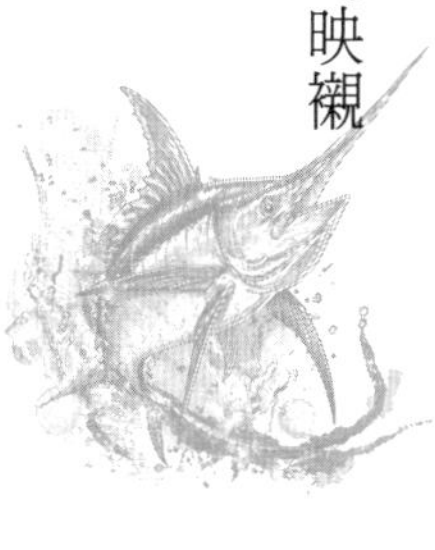

下它真的很美，它就這樣在老人船邊的海域內徘徊了很久、很久，至今老人仍然記得它，記得這個美麗而傷感的故事。那一次，老人就深深地覺得自己原來是如此的殘酷，他不知道自己是不是做錯了，可是作為一名漁夫，他別無選擇。

即使那件事已經過去很久了，那一幕還是會讓自己覺得無比傷心。當然善良的小男孩也覺得很傷心，他們也是在反覆請求雌魚的原諒之後才把它殺死的。

「是啊，那個時候還有那個孩子陪我，他陪我經歷了很多事情，在我迷茫的時候，有他在，在我快樂的時候，有他在，在我痛苦的時候，他依然還在。如果現在他也在的話該有多好。」老人又忍不住開始想念那個孩子了，此時老人正靠在船頭的一塊圓形的木板上，那條釣線依舊還在老人的肩膀上，老人的肩膀已經被釣線勒得很痛了，他可以清楚地感覺到大魚的力量。那條魚依舊在水裡隨心所欲地游著。

我知道我的手段逼著它不得不做出選擇，但它還真是執著，它選擇了一直待在黑暗的深海中，這樣一來，即使我用盡所有的手段、花招，設下再多的陷阱都奈何不了它。它做出了一個聰明的選擇，可是我卻不知道自己的選擇是對還是錯，我選擇把船划到這麼遠的地方來找它，我甚至冒著找不到回家的路的風險，也許這個地方還從來沒有漁夫來過。沒錯，第一個，這個第一往往意味著兩樣東西，一是我很幸運，二則恰恰相反，我很不幸。照目前來看，我似乎更傾向於後者，不過沒關係，既來之，則安之，我這樣告訴自己，事實上我也只能這樣告訴自己，因為我已經做出了選擇，就在哈瓦那的燈光一點點消失在我的視線中，我就已經做出了選擇。此時，在這整片汪洋中，只有我們是被拴在一起的，從中午開始就是這樣了，我們對抗著，彼此都是獨自對抗著，彼此都沒有幫手，老人想著。

也許我並不應該以捕魚為生，有的時候我也會懷疑自己，懷疑我幹了一輩子的職業，可我就是為捕魚而生的，從我出生的那一刻起，這一切就都已經注定了。我現在能做的就是一定要記住在天亮之後把鮪魚吃掉。

漫長的夜，看似平靜的海面上，誰知道那底下又隱藏著多少波瀾。一整夜都很平靜，只是在快天亮的時候，老人的肩膀突然有了感覺，他感覺到好像是什麼東西又咬了一下釣餌。緊接著他又聽到了桿子折斷的聲音，那釣線開始飛快地衝向船舷。在一片黑暗之中，老人的反應很快，他迅速解下了身上帶鞘的刀，接著他又讓大魚的拉力全部壓在自己的左肩上，然後盡量讓身體往後仰，用右手迅速地割斷了船舷木頭上的釣線，然後又割斷了最靠近自己的另一根釣線，在一片黑暗之中，他又用最短的時間將兩根備用的釣線接好了。也許你並不覺得這些動作有什麼了不起，但是如果你把這一切都想像成是用一隻手在一片黑暗中完成的，你就會了解到那會是多麼的困難。可是老人卻是用單手熟練地操作著一切。接下來他又把線結抽緊了，另外的一隻腳則是緊緊地踩在整捲釣線上，老人把它固定住。這樣一來，老人就有了六捲的備用線了，其中有兩捲是割斷了兩個釣餌之後得來的，另外的兩捲則是連接大魚上鉤的釣線，現在這些釣線都被緊緊地連接在一起了。

等到天亮以後，我還要再處理一下那條有四十英尋長、帶著釣餌的線，我也要把它切斷，同樣接上備用的線，這樣一來我會損失掉二百英尋長的加泰隆尼亞優質釣線，當然還有魚鉤和接鉤的導線。我當然會覺得有些可惜，可是這些東西即使失去了，我仍然可以想辦法替補的。但如果是因為我要釣其他的魚而讓這條大魚跑走了，那我可真是想不到還能有什麼辦法可以彌補我的遺憾。到目前為止我甚至都還不知道上鉤的究竟是一條什麼魚。也許它只是一條有著很大力氣的馬林魚，又或者它是一條旗魚，當然以它這麼強大的力氣來看，它也很有可能是一條大鯊魚。可惜現在的我還是一無所知，我一定要盡快想想辦

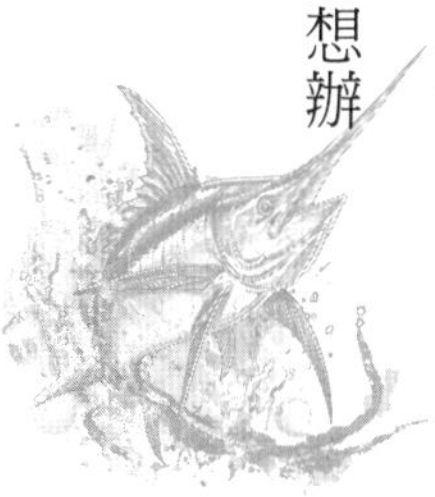

法，要盡快把它處理掉。

「真的希望那個孩子能陪在我的身邊。」這句話老人已經不知道重複了多少遍，每說一遍老人的願望就更加強烈一點。

可是，那個孩子不在，他不在。每一次呼喊之後，老人又會用現實把自己喚醒。現在就只有你自己，對，只有自己，如果自己不能想到辦法的話，就別指望別人。老人的心裡一遍遍地想。

目前那條大魚實在是太老實了，它只是一味地游著，沒有任何要爆發的跡象。可是誰知道它又能這樣忍受多久呢？沒錯，這種意想不到才是最令人害怕的。終於，這條大魚有些不耐煩了，它想要活動活動筋骨了，很難想像它到底有多大，它只不過是晃動一下身體就讓大海上激起了巨大的海浪，小船開始在波濤洶湧的海面上顛簸著，隨時都會有翻船的危險。一個海浪撲了過來重重地打在船上，老人的身上被冰冷的海水刺入每一寸肌膚，可是他的手卻始終緊緊地抓著釣線，不敢有任何鬆懈。又是一個巨浪，這次海浪的來勢很凶猛，老人依舊是緊緊握住釣線，可是浪實在是太大了，老人一下子沒握牢，只見他那瘦弱的身體被一個大浪掀翻在船板上，整個人撲倒在冰涼粗糙的地板上，眼角下被割開了一條長長的傷口，鮮血頓時從臉頰流了下來。不過別擔心，在海上最不需要做的事就是止血，老人流出的血很快地被海風吹乾凝結了，甚至還沒有流到老人的下巴。老人立刻用雙手支撐著船板站了起來，接著又用最快的速度回到船頭，他整理了一下麻袋，小心翼翼地挪動了一下釣線，接著稍微調整了一下在肩膀上的位置，依舊是用自己的肩膀固定住，看到一切稍微平靜了，他又小心地試探了一下大魚的拉力，伸出自己的另一隻手感受一下船在海水中向前行進的速度。

它到底為什麼會突然衝這一下呢？老人想著。也許那鋒利的的金屬釣鉤已經滑到了它高高隆起來的背部。即使是這樣，它的背也不可能像我的背一樣難受。可是不管這條魚有多大，它也不可能就這麼一直將小船拖下去。現在老人已經把所有可能引起麻煩的事都解決了，已經準備好充足的備用釣線，當然他也相信自己具備了作為一個男子漢所應該具有的一切。

「魚啊，不管你有多麼強大，我都會奉陪到底的！」老人說話的聲音不大，可是他的眼睛裡卻充滿了堅定。

第六章　抽筋的左手

冷冷的海水，涼涼的海風，一條船，一位老人。他還在堅持著，只是孤獨與寂寞好像越來越深入老人的心了，在這片汪洋中找不到可以陪伴他的夥伴。不，此時的他們已經連接在一起了。他們是對手，也是朋友，可是這個對手卻遲遲不肯露面，老人只能一直等待。千萬不要以爲這個大傢伙是好惹的，這不，老人剛剛想和飛來的小鳥交個朋友，就被它嚇走了。它終於決定要出來見見老人了，可是老人的手卻偏偏抽筋了，這可急壞了老人。他拼命地拍打著自己的手。在這個萬分緊張的時刻，老人的手能夠恢復嗎？這條大魚究竟長什麼樣子呢？

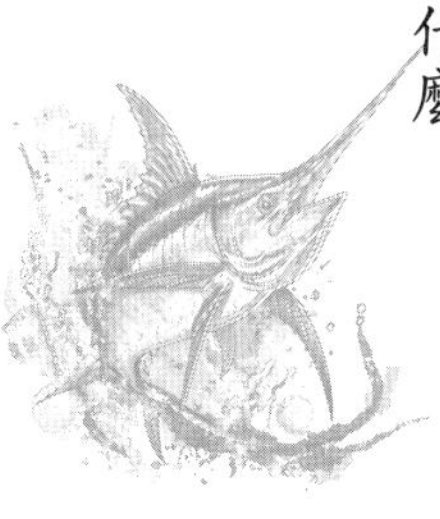

我知道，它是一定會陪著我的，就算在這冷冷的海上看不到一個人，它一定還是會陪著我的，沒錯，只有它。老人想著。在老人的心裡，這條大魚在此時既是自己的對手，同時也是自己的朋友。在通常的情況下，我們對於對手總是痛恨多於敬佩，可是智慧的老人卻恰恰相反，他從來都不認為對手就不能是朋友，在這冰冷的海面上，他從來都不在乎可以從哪裡取得溫暖，即便是從自己唯一的對手那裡，更從來不會吝嗇欣賞自己的對手，此時此刻老人只是知道它會陪著他一直到天亮。可是就像黎明前的黑暗是最難熬的一樣，陽光帶來溫暖之前也往往是最寒冷的。老人渾身上下都被凍得顫抖了，他將身體緊緊地靠著小船上的木板，他希望可以因此而得到一些溫暖，可是冰涼涼的木板也只是帶給了老人同樣的寒冷。有那麼一瞬間，老人覺得自己撐不住了，他的雙腿有些發軟，身體顫抖得厲害，雙手開始不聽指揮，頭也暈暈的，腦袋裡瞬間閃過一個念頭，不要再撐下去了，就這樣倒下去吧，你會舒服些的。可是他每每想到那個在深海中的對手，還是會覺得自己可以再多撐一會兒，在我的對手還沒有倒下之前，我是絕對不能倒下的，就是這樣一個信念讓老人一直等到黎明的到來。天邊露出第一道光芒的時候，小船還在移動著，那溫暖的陽光也照射在了老人堅實的右肩上。

「哦，這傢伙往北游了。」老人說道。這樣下去，海流會一直把我們遠遠地向東方帶去，老人想著。但願這個傢伙會有累的時候，只要它能夠隨著水流改變方向，那就表明它已經筋疲力盡了。

太陽已經升得越來越高了，大魚繼續游著，船也繼續漂流著，它們的速度似乎沒有絲毫減慢，老人的心裡明白這個大傢伙並不累，剛剛的想法不過是自我安慰罷了。一直到目前為止，似乎只有一種跡象對老人有利：那就是釣線的傾斜度稍微有了些變化，這個微妙的變化也許一般的人不太會注意，可是老人卻從中看出大魚在水中的深度似乎比以前淺了一點，當然這並不意味著什麼，但在老人看來它似乎離水面更加地近了，而且說不定是越來越近了，也許再過一會兒它就會躍出水面了，也許……

「上帝啊，請讓它跳吧，」老人說道，「我已經為它準備了充足的釣線，我一定可以戰勝它的。」

也許，我可以想想辦法，我應該把手中的釣線拉得更緊一些，這樣它就會感到更加難受，說不定就會想要跳起來放鬆一下。太陽的光芒已經灑遍大海，是時候該開始戰鬥了，那就讓它跳起來吧，也是時候讓我見見這位來自深海中的對手了。一旦它跳了起來，它脊骨上的氣囊裡就會充滿空氣，這樣一來它就無法再潛回深海中了。

老人覺得一切都已經思慮周全了，於是他開始試著漸漸地增加手中的拉力，可是他沒有想到從這條大魚上鉤的那一剎那起，這釣線就已經被繃得很緊了，老人覺得這釣線好像是在提醒著他：「不能再用力了，如果繃得再緊一些的話可能就會斷掉了。」所以老人只是稍稍向後仰了一下，但是很快他又轉回了身體。老人心想：沒錯，我真的不能猛拉釣線了，我只要猛拉一次釣線，那麼釣鉤在大魚身上割開的裂口就會加大一些，這樣大魚脫鉤的可能性就會增加一點。唉，只是可惜，我好不容易想到的辦法也只能作罷了。不過沒有關係，至少我現在感覺好多了，因為太陽已經升得越來越高，而現在我終於可以不必用眼睛朝著太陽了。

沒錯，老人總是可以在絕望中找到安慰自己的理由，多年來孤獨的捕魚經歷讓老人練就了這個本領。這不，老人一個不經意的低頭，看到了釣線上掛著幾棵黃色的水草，你也許會問這又有什麼關係？可是老人知道這樣就會增加大魚的阻力。即使是這樣微妙的變化也能引起老人心中一陣歡喜，老人知道這是黃色的馬尾藻，到了深夜的時候，在暗藍的海水中它們會發出強烈的磷光。

「魚呀，我可敬的對手，」老人說，「我承認我是很喜歡你的，而且我也

很敬佩你，你是少數贏得我敬佩的對手。既然你是我的對手，我就一定會全力以赴去打敗你，在今天夜幕降臨之前，我發誓一定要殺死你。」

真希望我的願望可以成真，老人心想。

平靜的海面上沒有任何的波瀾，老人知道這不是他愛的那片海，在與大魚僵持的每一分鐘，老人都覺得是在煎熬，他多麼希望海面上能有些有趣的事情可以吸引他的注意力。這樣的寂靜不知又持續了多久，突然從遠方飛來了一隻小鳥，它靈動的身軀飛翔在湛藍的大海上，它偶而會突然俯衝下來，與冰涼的海水來個親密接觸。漸漸地，它離老人的小船越來越近，老人看到它飛得越來越低了，它低低地貼著海平面飛翔，或許它有些累了，畢竟在這一片汪洋之中想要找個歇腳的地方是不容易的，看到老人這艘船，它應該會高興上好一陣子，總算是可以好好地歇歇腳了。

儘管小鳥已經是筋疲力盡了，可是它仍然以優美的姿態落到了船尾上。老人認出它是一隻刺嘴鶯。這隻刺嘴鶯似乎有些挑剔，可能是落在船尾上有些不太舒服，於是它立刻就飛了起來，緊接著它又繞著老人的頭頂打轉，邊打轉邊尋覓著一塊更加舒服的棲息地。繞了幾圈之後，它停在了釣線上，這個地方讓它覺得舒服多了。

「小鳥兒，你多大了？」老人看著小鳥問道，「你是第一次上路嗎？」

老人問它的時候，小鳥兒看著他，它實在是太疲倦了，因此根本都無心看著釣線，只是搖搖晃晃地走在上面調整著自己的姿勢，它細細的腳爪緊緊地抓著釣線。

「釣線是很牢靠的，」老人告訴它，「是的，被繃得緊緊的，真的是很牢靠。這一夜都沒有什麼風啊，你為什麼會這麼累呢？鳥兒，你是怎麼了？」

也許是因為老鷹，老人想。沒錯，就是因為老鷹，那些有著銳利爪子、明亮眼睛的雄鷹會專門飛到海面上來找小鳥，可是老人並沒有把這個想法告訴小鳥。老人想，反正小鳥也聽不懂，不過過不了多久，小鳥就會領略到雄鷹的厲害了。

「好好休息吧，小鳥兒，」老人說，「現在先不要想太多，等休息夠了再重新飛翔在蔚藍的天空，那裡才真正屬於你，到那時你就要拿出自己所有的勇氣了，像堅強的男子漢一樣，像海中戰鬥著的魚兒一樣，像所有其他的鳥兒一樣，重新投入大海的懷抱，再去那裡試試你的運氣吧。」

海面上冰冷漫長的夜，讓老人的脊背被凍得僵硬，現在它正疼得厲害，老人寧願讓自己多說一些話，這樣可以讓他更加振奮。

「當然，如果你高興的話就留在我的家中吧，小鳥兒，」老人說，「其實我真的很想把你送回家，可是很抱歉，我現在還不能揚起船帆，借著海風送你回去，不過我們可以交個朋友，這樣的話我就有朋友相伴了。」

不知大海中的對手是不是有些不耐煩了，就在老人和小鳥談話的空檔，大魚突然猛地一拉，老人一下子被拖到船頭倒了下去，好在老人的反應並不慢，加上他之前的準備工作做得很充分，他在第一時間就放出了一段釣線，如果不是這段釣線的幫忙，老人此時也許已被大魚拖進大海了。

只不過釣線突然的晃動嚇壞了停在上面休息的小鳥，小鳥又飛了起來，老人也著實被嚇了一跳，驚慌中他甚至沒有看到小鳥飛走，他只是覺得右手有些彆扭，他用右手輕輕摸了一下釣線才發現右手正在流血。

「它也覺得疼了。」老人說。他一邊說著，一邊往回拉著釣線，他想要試著讓大魚掉個頭，釣線被他拉得越來越緊了，拉到了即將繃斷的程度，老人一把握住了釣線。他讓自己的身體盡量往後仰著，然後就自然地靠在釣線上。

「你現在有感覺了吧，魚兒，」老人說，「其實我也和你有一樣的感覺。」

覺得稍微穩定下來，老人開始四面尋找著那隻小鳥，他真的很想找個伴，

可是老人再也沒能看到小鳥的蹤跡，小鳥就這樣飛走了，再也看不到了。

哦，你還沒有待多久，親愛的小鳥，老人想道。除非你已經上了岸，否則你去的地方只會更加的危險。大魚只是稍微猛拉了一下，它只是小小地出了一招，可是我卻已經有些招架不住了，我怎麼會因此就被割傷了呢？看來我真是老了，在以前我是絕對不會被它弄傷的。當然，也許剛才我只是太過注意那隻小鳥了，我一心只是想要交個新朋友。看來我還是不能分心，從現在開始，我一定要專心幹活，大魚，來吧！我不怕你。當然我還要時刻謹記把鮪魚吃下去，這樣我才能有更多的力氣對付大魚。

「那個孩子要是在這裡該有多好，當然最好能再來點鹽。」老人大聲說。

接著老人又調整了一下釣線的重心，他掌握著恰到好處的力道，盡量不去驚動大魚，然後把釣線挪到了自己的左肩上。隨後，他又小心地跪下來在冰涼的海水中洗了洗手，肩上釣線的重量使得他洗起手來並不是那麼輕鬆，他只能將手浸在海水中，讓海水沖刷掉手上的鮮血。老人看著手上的鮮血在海水中一點一點地漂散開來，他又看到小船行進時周圍的海水被激起層層波瀾，它們不停地拍打著老人的手。

「哦，這魚的速度越來越慢了。」老人興奮地說。

冰涼的海水讓老人的手瞬間覺得舒服很多，他很想再多泡一會兒，可是他很擔心水裡那個大傢伙會不老實，一旦它再一次猛拉釣線，老人和小船恐怕就會面臨更大的危險。每每想到這裡，老人都會覺得很可怕，於是他很快就站了起來，振作了自己的精神，其實他很想把頭也扎進冰冷的海水讓頭腦可以清醒一下，只是肩上的重量牽絆住了他。陽光此時強得刺眼，老人伸出手遮住了陽光。不過就是讓釣線勒了一下手，割破了一點肉，但割得實在是不巧，那正是老人用力的地方，他知道只要他的對手這一刻還沒倒下，那麼他就要用這雙手和它戰鬥到底。他有一種強烈的預感，真正的戰鬥還沒有開始，他只是不希望自己在真正的戰役還沒有打響之前就已經負傷了。

「現在，我應該讓太陽盡快把手晒乾，手乾了之後，我就可以享用我的小鮪魚了，我不需要移動自己的身體，只需要藉助手鉤輕輕地將小鮪魚鉤過來就行，我就可以在原地舒舒服服地享用它。」老人說。

是的，說幹就幹，老人再次跪了下來，這一次他的動作熟練很多，他瞄準了船尾那條鮪魚，用力地甩了一下手中的手鉤，一下就鉤住了魚身，並往自己的方向拉，而且他靈巧的雙手將力度拿捏得恰到好處，使鮪魚很好地避開了旁邊成捲的釣線。等到鮪魚來到近前，老人就用左肩扛起釣線，並把釣線繞在了左手和左胳膊上。接著他從手鉤上取下了鮪魚，並用力一扔將手鉤放回原處。

接下來他就要開始享用這條鮪魚了，當然在這過程中最大的挑戰就是他不能驚動那個在深海中的對手。他用膝蓋壓住魚的身體，然後開始沿著魚頭下方到尾巴縱向劃出一刀，一刀下來就取出了一條暗紅色的新鮮魚肉。老人的刀工也是不錯的，一條條的魚肉都被切成規整的楔形，為了能不浪費鮪魚身上的每一寸肉，他從緊靠著魚脊骨的地方下刀一直切到了魚的肚子邊上。就這樣，他整整割下了六條新鮮的魚肉，他把魚肉都攤開在船頭的木板上，然後在褲子上熟練地抹了抹小刀，最後提起那已經被剔得乾乾淨淨的魚骨，將它扔到了汪洋之中。

「我想一整條的魚我是吃不了的。」一邊說著老人又在一片魚條之上橫著劃下了一刀。此時老人感覺到水下的那個大傢伙似乎又有些不耐煩了，他感到釣線被一陣陣拉扯得很厲害，突然間覺得自己的左手似乎沒有那麼靈活，他想要抬起手去拿起一條魚片，可是用了半天的力卻發現手沒有絲毫的反應，接下來就是一陣劇烈的疼痛，那種疼痛直接深入骨髓。沒錯，很不巧，老人的左手就在此時抽筋了，他很想要在船上打幾個滾，可是他知道他不能，此時的他只能用手緊緊地拉著沉重的釣線，他看了看自己的左手，眼神裡充滿了厭惡。

「這該死的手，」老人憤怒地說著，「你要是想抽就抽吧，你要是想把自己弄得和爪子一樣，對你也不會有什麼好處。」

來吧，來吧，老人想，他向著黑暗的海水中望去，他的眼睛始終盯著那傾斜的釣線。我現在要把鮪魚吃下去了，說不定它會讓我的手有力氣。沒錯，不能把過錯全部怪罪在左手上，其實手並沒有過錯，而且我已經和大魚對峙了這麼長的時間，我一定會奉陪到底的，一定會，我不能放棄，我一定要把鮪魚吃掉，這樣我就會有力氣了。

於是老人用右手撿起了一條魚片放進嘴裡，他慢慢咀嚼著鮪魚的味道，當然這算不上是什麼美味，可是還好，老人並不覺得太難吃。

嗯嗯，我要細細地咀嚼，要把所有的汁水都吃下去。如果能夠加點萊姆，味道就更加可口，要是能加點檸檬就更好了，最差也應該再加些鹽。

「手，現在你感覺怎麼樣了？有沒有好一點？」老人問抽筋的左手。可是現在那隻手似乎僵硬地猶如死屍一般。「哦，看來你還是不太好。」老人只能無奈地又自言自語地回答道。「沒關係，為了你，我會再吃下一些魚的。」接著他又拿起了剛剛被切成兩半的另外一半魚片，老人依舊是細細地品味著，隨後又把魚皮吐了出來。

「手，你感覺怎麼樣了？有效果了嗎？是不是太快了，你還來不及感受，所以沒法知道呢？」

然後，他又拿起吃了另外一條魚片咀嚼了起來。

「嗯，這條魚的肉很有咬勁，在它活著的時候一定是非常強壯的，它的血色也還不錯，」老人邊想邊不經意地說了出來，「我算是幸運的，還好我找到了它，而不是鬼頭刀，鬼頭刀的肉實在是有些甜，我不太喜歡那股甜膩膩的味道。這條魚的味道就剛好，幾乎沒有什麼甜味，而且還有嚼勁。」

不過，我似乎更應該面對現實，我真的是希望可以來點鹽，老人想。如此

強烈的陽光不知道會不會把剩下的魚條曬乾，或者曬爛？不管那麼多了，保險起見，我想最好還是趁著新鮮把它們全部吃掉。儘管此時我還沒有那麼餓。沒錯，老人在吃之前又向海水中望了望，還好那個大傢伙很平靜，也很安穩，我想我有時間把魚吃掉。此時的它一定也在養足精力，為了我們下一次的交手，我一定要做好充足的準備，我要把這些鮪魚全部吃掉，這樣我就會有足夠的力氣去對付那個大傢伙了。

「手，你就忍耐一下吧，」老人說道，「你要知道我都是為了你才這樣做的。」

「深水中的老兄，你一定也餓了吧，我真想也餵你吃點東西。和你相處這麼長的時間，我已經對你有感情了，你就像是我的兄弟一樣。不過可惜，你還是我的對手，為了戰勝我不得不把你殺死。要辦到這件事可真是不容易，我必須做到精力充沛。」老人一如既往地碎碎念著這些話，邊說著還是沒忘記專心地吃掉那些楔形的魚條。

不一會兒的工夫，所有的魚條就都進到了老人的肚子，他抹了抹嘴巴，又在褲子上抹了抹手。

「現在，我應該把所有的釣線都放下去。」老人說。老人又試著抬了抬抽筋的左手，可還是失敗了，它只是沒有之前那麼痛了，顯然目前它還幫不上老人什麼忙。「沒關係，即使是只剩下了一隻右手，我也可以對付它，左手啊，但願你的淘氣能夠盡快收斂。」他用左腳牢牢地踩住被他抓在左手裡釣線，釣線那頭的重量沒有絲毫的減少，依舊是那麼沉重，他讓自己的身體盡量向後仰著，然後依靠著自己背部的力量頂住了釣線沉重的拉力。

儘管老人嘴上說著依靠一隻右手也可以對付得了大魚，實際上老人知道即使是用了雙手也未必能戰勝這個體積龐大的傢伙。更何況到目前為止老人還沒有見過它一面。「萬能的天主啊，請您保佑我，不要再讓我的左手抽筋了，」

老人祈禱著，「真是不知道接下來這個大傢伙會做些什麼。」

目前這個大傢伙還是很平靜，老人想著，它怎麼會這麼平靜呢？難道它在計畫著什麼？不，不行，我不能就這樣坐以待斃，我應該也要有所計畫，畢竟它的個頭那麼大，我的計畫應該跟隨著它做出調整。如果此時它能夠跳起來的話，我就可以一下子殺死它。也許它真的不喜歡陽光，只喜歡躲在深暗的海水中，它就這樣一直待在深海中，那我也只好奉陪到底了。

那隻抽筋的左手還在和老人作對，他也正在想著一切的辦法想要讓它變得舒服一些，於是他又將左手在褲子上擦了擦，希望可以藉著這種辦法來疏鬆一下手指，可是他的手仍然僵硬得很厲害，五個手指甚至都沒有辦法完全張開。也許是太冷了，現在太陽已經漸漸落了下去，海面上的溫度也降得極低。也許是那些鮪魚還沒有發揮它們的作用。沒關係，等到太陽再次升起的時候，它們應該就可以張開了吧。或者是等到那些鮪魚完全消化了，它們就會張開。如果到那時它們仍然如此，那麼我一定會想盡辦法打開它的，沒錯，用盡一切的辦法，不惜一切的代價，老人心裡想。現在我還不想靠蠻力把它們打開，我還是希望它們能夠心甘情願地放鬆。其實它也不好受，畢竟在夜裡那麼緊張的情況下，我過度地使用它解開了幾根釣線，可憐的手，你要鬧些脾氣也是應該的，不過沒關係，你會好的，我只是希望你的氣能夠快點消。

老人的目光橫掃過海面，手還是僵硬得厲害，海面上依舊平靜，那傢伙還是一如既往地游著，速度似乎有些慢了，老人不確定，因為他害怕這是因為自己強烈的欲望所導致的假象。陽光越來越弱了，在海上漂流了這麼久，此刻的自己是多麼的孤獨啊。可是還好，此刻老人可以看到深暗的海水深處的折光，可以看到那根釣線就在海水中向前伸展著，可以看到平靜的海水中不時還是會激起層層的波瀾，那些波濤在大海的懷抱中不停地跌宕起伏著。老人還在堅持著，掠過臉頰的風似乎有了些許變化，它的速度似乎是更急更快了，一陣信風

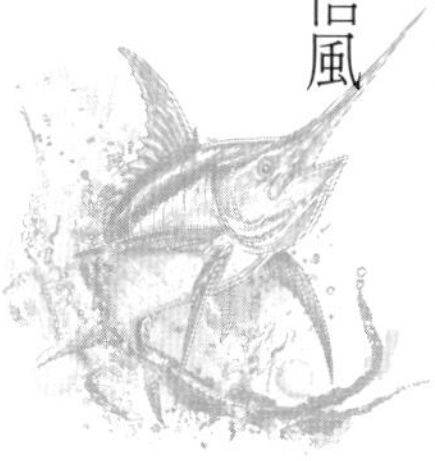

颳了過來，天上的烏雲瞬間被集結了起來。老人往前看去，一群野鴨越過了海面，海與天好像交融在一起，野鴨們就在它們交接的那條線上飛躍起來，在海與天的映襯之下，野鴨露出了它們清晰的身影，它們在老人的眼裡一會兒變得模糊了，一會兒又清晰了起來。是啊，它們的身影在老人的眼中變得有趣極了。其實在這茫茫的大海上總有有趣的事等著你去發現，在這樣的海上，誰都不會孤單的。

多好呀，在這樣的海面上，老人總能找到自己的樂趣。他突然間想起來，其實還是有很多的人沒有勇氣乘著小船離開陸地，特別是現在這個時候，天氣往往會突然地轉變。沒錯，我們都稱之為颶風季節，但是在颶風季節中也有一年之中最好的天氣，那就是在沒有颶風的時候。可是有太多的人都害怕颶風的到來，自然也就會錯失這樣的好天氣了。實際上，在颶風來臨的前幾天，如果你是在海上的話，你就能看到一些奇特的徵兆，而這些徵兆在岸上的人們往往是看不到的，因為他們根本不知道自己到底該看些什麼。而陸地上也是會有不同尋常的事情發生，例如雲彩就會出現與平常截然不同的形狀，這是個常年待在陸地上的人不會知道的秘密。不過，現在還不是颶風的季節，颶風的天氣是不會出現的。

老人又望了望天空，他看到那片蔚藍的天空中高掛著幾片雪白的雲彩，那白色的積雲像是堆疊著的一塊塊誘人的冰淇淋蛋糕，讓人不禁有想要咬上一口的衝動。在天空中高高懸掛著的還有一層層翻捲著的如羽毛般薄薄的白雲，單看著這層雲也許並不覺得這有什麼，可是在那碧藍天際的映襯之下，這層薄薄的雲就多了一份神秘的美感。

「風，終於有風吹來了，」老人說著，那微弱的海風拂過老人的臉頰，「魚呀，你看到了嗎？這種天氣似乎對我比較有利哦。」

可是老人的手還是沒有好，它依舊在抽筋，不過還好，它正一點點地放鬆

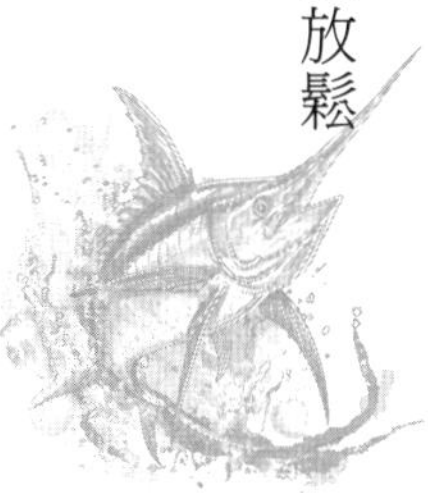

開來。我討厭死抽筋了，老人想。沒錯，抽筋似乎和別的傷痛不一樣，例如食物中毒，如果只是食物中毒，大不了是在別人面前拉拉肚子，也只是在別人面前丟丟臉，可是抽筋卻是對自己的折磨，這其中的痛苦只有自己知道，就好像是自己對自己的羞辱，特別是在孤身一人的時候，這樣的感覺尤其強烈。

如果那個孩子現在能在這兒的話，他一定會帶著天真的微笑來幫我揉一揉這該死的左手，從前臂一直往下，也許他的力道還不夠，可是手還是會漸漸放鬆開的，老人想著。不過即使是現在的情況，手也終究是會鬆開的。

那時，老人沒看到手中釣線的傾斜度已經有了明顯變化，可是老人的右手卻已經感覺到了釣線的拉力在變化著。隨後老人靠在釣線之上，此時他真的很需要自己的左手，沒錯，是很需要，他本來想要等它自己慢慢放鬆開來，可是現在他等不及了，他用左手瘋狂地怕打著大腿，為的就是希望它能夠快速恢復正常，一邊拍打著，老人的眼睛還一邊盯著一旁的釣線，他看到釣線正在一點點地向上升起。

「哦，是它，它要上來了，真的嗎？它真的要上來了。來吧，大傢伙，我已經等你很久了。手，哦，不，快點張開吧，快，快張開。」老人焦急地叫嚷著。

第七章 聖地牙哥是冠軍

這個強大的對手依舊在海洋中和老人抵抗著。時間每過一分鐘，老人的好奇心就跟著增長一分，他渴望和這個對手見上一面，一面就好。終於，這個大傢伙似乎有些忍耐不住了，或許它也和老人一樣，想要見見自己的對手。海浪翻滾，它從深海中游了上來，接近海面，躍出海面。它可眞大呀！老人被眼前的景象驚呆了。面對這樣的對手，老人會放棄嗎？他回想起了在他還是年輕力壯時的一個故事。在那個時候，人人都稱呼他爲冠軍。

釣線開始慢慢地上升著，老人明顯地感覺到了，老人盯著眼前的海面，連眼睛都不敢眨一下。慢慢地，眼前的海面鼓出了一個包，一個圓圓的、鼓鼓的東西漸漸露出海面，剛開始還看不出那是什麼，隨著它露出的面積越來越大。是頭嗎？老人一臉期待地望著，露出的部分越來越多了，這一次老人看清楚了，他確定那是大魚的頭。剛剛露出一些，大魚一下子又猛地扎進了海水，不一會兒它又浮出海面，就這樣一下一下地冒出水面，很快就又扎進海裡。每當它躍出一次，海水就順著它的身體滑落進大海，海水不停地沖刷著大魚的身體，大魚每隔一兩次就會一躍而起，飛躍在寬闊的大海上，它躍起的身體就像是屹立在海上的一座小山。從它的身體兩側傾瀉而下的海水就像是兩個小型的瀑布。陽光下，大魚也是亮晃晃的，老人看著它，它的頭部和尾部都閃耀著幽深的紫色，魚身的兩側鑲嵌著寬寬的條紋，那條紋上也帶著淡淡的紫色。它的嘴巴呈現的是劍的形狀，而且很長很長，就和棒球棒一樣長，靠近根部的地方

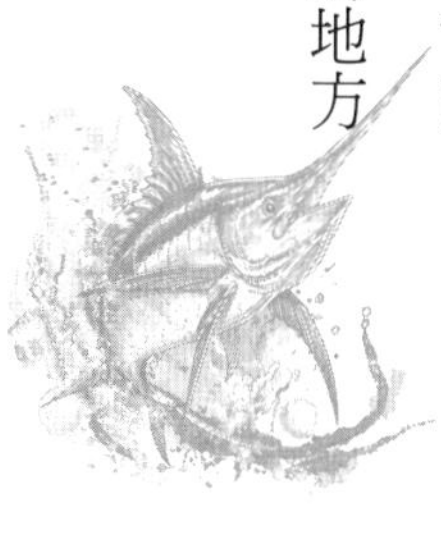

很粗很粗，越往外長就變得越來越細了，活脫脫的就是一把鋒利的寶劍。它突然間飛躍出海面，這一次它露出了整個身體，到了半空中，它彎曲的身體形成了一條完美的弧線，接著它就像是技藝高超的潛水夫，一下子就潛入了海水中，身體就這樣一點一點沒入海水，直到只剩下像鐮刀一樣的大尾巴，那尾巴一起一伏也漸漸沒入海水，釣線也跟隨著大魚開始飛速地竄入海中。

「哦，天啊，儘管我已經有預感它是個大傢伙，但還是沒有想到它的個頭竟然如此之大，它的體型整整比我的小船還要大上兩呎。」老人說。釣線就這樣飛快地往外送，可是它向海裡滑得很穩定，大魚並沒有驚慌。老人找準了機會，他的雙手拉住釣線，力道用得正好，沒有將釣線拉斷。老人知道他不能讓大魚就這樣一直拉著釣線，如果他不能夠及時地穩住釣線讓大魚的速度減下來，那麼大魚遲早會拉光所有的釣線，等到那個時候，釣線就會繃得越來越緊，直到最後承受不住這巨大的拉力而斷裂。

它是一條大魚，我一定要讓它信服我，老人想。我絕對不能讓它知道自身具備著多麼大的力量，也絕對不能讓它了解它跳躍起來的時候可能會有什麼結果。如果我是它，我就會不顧一切地使出渾身解數逃跑，直到把釣線扯斷。不過，真是謝天謝地，這條大魚沒有那麼聰明，至少沒有比想要殺死它的人聰明。即使它很有能耐。

出海這麼多年，老人的確見過很多大魚，其中也有很多是超過一千磅的大魚，當年老人還是身強力壯的少年，他也捉到過兩條超過一千磅的大魚，但都不是獨自完成的。現在，老人已經看不見陸地了，他和他的「老夥計」被海水包圍著，此時此刻他和自己所見過最大的魚綁在一起，這是他此生見過最大的一條魚，甚至比他聽說過的任何一條魚都還要大。而最糟糕的是，此時老人的左手仍然緊緊地握著，就像是鷹爪一樣。

不過沒關係，左手的抽筋總會好的，老人想。它會自己放鬆開的，到那時

它就會幫助右手了。對於目前的我來說有三件東西都是我的兄弟，它們就是那條大魚和我的雙手。左手啊，你一定要恢復，怎麼會這麼沒用呢？竟然在這麼關鍵的時候抽筋。哦，還好，這條大魚又慢下來了，它的速度和剛才差不多，繼續游著。

我還是想不明白，為什麼它突然會跳出水面呢？它跳了起來，難道就是為了讓我看看它究竟有多大？反正我現在明白了，老人想著。我也真的很希望讓它看到我是怎樣的一個人，可是如果它真的看到了，那麼它應該就會看到我的左手正在瘋狂地抽筋。所以還是讓它保留認為我比現在的我更加強壯的想法比較好，是的，我就是那樣的。有時候，我還真希望自己就是那條魚，如果是這樣的話，我就可以利用我的一切來對付一個漁夫的意志和智慧了。

老人盡量讓自己舒服地靠在木板上，左手時不時還會發作傳來一陣猛烈的疼痛，他強忍著這種疼痛。這條魚還在海水中默默地游著，小船慢慢地划過水面，划開深暗色的海水。東風徐徐吹來，海面上泛起了微小的波濤，快到中午的時候，老人覺得自己的左手舒服多了，他試著活動了一下手指，他發現左手還真是靈活得很呢，沒錯，老人的左手徹底好了，它不再抽筋了。

「哦，大傢伙，對你來說這似乎是個壞消息哦。」老人的語氣裡帶著些許得意，接著他又故意地慢慢挪了挪肩上麻袋上的釣線。

老人其實很舒服，同時他也非常地痛苦，儘管他壓根就沒承認自己痛苦的那一面。

「我是不信教的，可是現在為了這條魚，我要誦讀十遍的《主禱文》和《聖母經》，保佑我能夠成功地抓住這條魚。而且我發誓，如果我真的能夠抓住它的話，那麼我一定會懷著虔誠的心到科布雷聖母像那兒去朝聖，我發誓我會的。」老人說。如果在平時人多的地方，打死他也不會說出這麼一番話，可是現在他實在是忍不住了，沒辦法，現在的他只能立下這樣的誓言。

老人念誓詞的樣子刻板極了。他因為太累了有時還會突然把禱告詞忘記，每當這個時候他就會快速地念下去，讓誓詞能夠順口而出。他覺得《聖母經》比《主禱文》容易念一點。

「萬福瑪利亞，妳充滿聖寵，主與妳同在，妳在婦女中受讚頌，妳的親子耶穌同受讚頌。天主聖母瑪利亞，求妳現在和我們臨終時，為我們罪人祈求天主。阿門。」接著，老人又說：「萬福的聖母瑪利亞啊，請你為我眼前這條即將死亡的魚祈禱吧，雖然我知道它很了不起。」

老人完成了禱告，此刻他覺得舒服多了，雖然他的疼痛依然，也許比剛剛還更糟糕一點。此時他正輕輕地倚在木板之上，開始活動著左手的手指。

這時，微風徐徐吹來，太陽的光線卻還是很強烈，天氣也有些熱。

「哦，我不能這樣等下去了，我總要做點什麼，應該給那些伸到船外的釣線加上一些魚餌，」老人說，「如果這條魚下定了決心想要和我再耗上一夜，那我一定得再吃一些東西來補充體力，我瓶子裡的水也剩不多了。可是這裡除了鬼頭刀之外，我似乎也找不到什麼能吃的東西，如果能夠在它還是新鮮的時候把它吞下，其實味道也是不錯的。真的很希望今天晚上會有一隻飛魚能夠落到我的船裡，不過說起來還真是可惜，我沒有燈光可以把飛魚引誘過來，如果讓我來評定這世間的美味，生吃飛魚一定是其中的一種了，而且還不需要把它切成塊。不過，親眼看到了這個大傢伙，我還著實被嚇了一跳，現在我首先要做的就是保持好體力。天主啊，我真的沒有想像到它竟然是如此的巨大。」

「我承認，它很巨大，也很神氣，而且被視為是我遇到過的最可敬的對手，不過我的決定是不會改變的，我決心要殺死它，我一定能夠做到。」這一次，老人的聲音很低，可是卻很有力。

雖然這不公平，但是無論如何我都要讓它看看，我作為一個男子漢有著多大的力量和耐力。

「記得以前和那個孩子在一起的時候，我就告訴過他，我是個怪老頭。」老人說，「我一直想要向他證明我說的是對的，現在應該就是最佳的時機了。」雖然老人已經向他證明過上千次了，不過以前的一切似乎都算不了什麼。此刻老人想要再證明一次，這個願望已經蓋過了其他一切的想法。事實上，每一次的證明對於老人來說都是嶄新的，在每一次證明的時候，老人都不喜歡回想起過去。

現在，真的希望那個大傢伙可以睡一覺，那我也就可以趁機睡一會兒，自從這個大傢伙上鉤以後，我似乎都沒有睡過一個好覺，老人想。如果我真的能夠睡著，也許會在我的夢裡見到獅子。為什麼會是獅子呢？為什麼獅子會成為我的念想呢？不要再想了，老傢伙，他依舊在自言自語著。也許，我應該讓自己的腦子休息一下了，老人想著，沒錯，什麼都不想，我要讓它好好地休息一下。老人輕輕地靠在木板上，可是那個大傢伙似乎已經完全佔據了老人的腦子，即使他拼命地告訴自己不要想，他還是無法做到。此時那個大傢伙一定在水裡不停地忙活著，我現在可要好好地讓自己休息一下。

看看天邊的太陽，現在已經是下午了，再看看腳下的船，依舊慢慢地、平穩地移動著，可是海面上吹來的微微海風似乎又給小船增加了一些阻力，老人駕著小船漂流在層層的海浪之上，輕悠悠地起起伏伏著。此時，那根斜背在老人肩膀上的釣線所引起的疼痛似乎緩解了一些，老人的心情似乎也變得舒緩平和許多，天邊的雲漸漸散開，老人心中的烏雲似乎也跟著散開了。

不知又過了多久，大魚依舊沒有動靜，只是釣線稍微向上抬起一點，不過沒關係，那只是大魚游到了海水中稍高一點的地方，它依舊繼續地游著。為了讓釣線能夠平穩地掌控，老人的移動依舊要受到很大的限制，即使是要確定一下小船的航行方向這麼簡單的事情，對於老人來說都不容易，可是他卻總是能夠想到辦法。老人微微地低了一下頭，他便看到了陽光已經照射到左手的手臂、肩膀和背部上，根據陽光的照射，聰明的老人就判斷出大魚已經轉過頭向著東北的方向游去了。

到目前為止，這個大傢伙已經和老人有了一面之緣，雖然老人不能看見它在水中暢遊的樣子，可是長期以來在海上的孤獨生活早已練就了一項獨特的本領，那就是豐富的想像力。現在他完全可以想像出那個大傢伙暢遊於海中的樣子，它一定會張開紫色的胸鰭，就好像是翱翔在天空中的飛鳥張開翅膀那樣，並豎起像鐮刀一樣的大尾巴劃開深暗的海水。它在那麼深的海水中遨遊，不知道它能夠看見什麼，老人想。我記得它長了一雙很大很大的眼睛，而馬的眼睛則小多了，而且它的視力還真的是不錯呢，特別是在一片黑暗之中。還記得很久以前，我在夜裡的視力也是很好的，不過那只是在黑暗的地方，並不是那種一片漆黑的地方，那個時候我極好的視力幾乎和貓一樣了。

陽光暖暖地照射在身上，照得全身都是暖暖的，左手也是暖暖的，這段時間以來，老人一直都在活動著自己的手指，現在他的左手已經絲毫沒有抽筋的感覺了，他開始試著讓左手來分擔右手的重擔，他趁機聳聳左肩上的肌肉，稍稍轉移一些釣線所造成的疼痛，那種瞬間舒服的感覺就好像是在伊甸園中暢遊了一番，對於老人來說已經是相當奢侈的享受了。

「大魚啊，你已經游了這麼久了還不覺得累，真是太不尋常了。」老人大聲地說。

老人已經很疲累了，他知道黑夜就快要到來。此時不能讓自己沉浸在這種疲累之中，於是他竭盡全力想要讓自己想一些其他的事情，能有什麼事情可以分散老人的注意力呢？突然間，他想起了大聯盟，這個時間應該是來自紐約的洋基隊和來自底特律的老虎隊進行比賽了，今天應該已經是比賽的第二天，可是我還不知道比賽的結果呢，老人想。不過我倒是很有信心，一定要對得起偉大的名將迪馬喬，他的表現一直都是完美的，即使是他的腳後跟長了骨刺，那劇烈的疼痛放到一般人的身上都會覺得難以忍受，可是迪馬喬卻能夠邊忍受著疼痛邊有出色的發揮。骨刺是什麼？老人這樣問著自己。一般的人是不長骨刺的，它會不會就像是被鬥雞腳上裝的鐵刺扎進腳跟裡那般疼痛？我想我一定是忍受不了那種疼痛的，當然我也不像鬥雞那樣，即使是被啄瞎了眼睛還是能夠繼續戰鬥下去。也許和那些厲害的鳥獸相比，人根本就算不上什麼。現在的我在海上漂流著，有好幾次我真的寧願自己成為那個待在黑暗海底的大傢伙。

「除非有鯊魚來，」老人大聲說，「如果鯊魚真的來了，就願天主能夠憐憫它和我吧。」我真的很好奇，如果換作名將迪馬喬來守著這條大魚，他能夠守得像我這樣久嗎？老人想著。他會，一定會的，而且也許會守得比我還要久，畢竟他是一名運動員，而且他現在正是年輕力壯的時候。何況他的父親還是一名漁夫。他的骨刺應該也是很疼的吧，他能夠忍受那樣的疼痛嗎？

「哦，我想我真的是不知道，」老人大聲說，「我從來都沒有長過骨刺啊。」

太陽已經落山，黑暗的夜又來臨了，面對這樣的夜，獨自一個人漂流在海上難免會覺得恐懼，即使是已經有多年捕魚經驗的老人。但是他的經驗告訴他，在這樣的海上就必須要學會調整自己的心情，這時那些美好的記憶就能派上大用場了，老人想起了他在卡薩布蘭卡（**哈瓦那的一個區，跟摩洛哥的城市卡薩布蘭卡同名**）小酒店裡那些溫暖的情景。

那個時候，他還是年輕力壯的，在那個小酒店裡他曾經和一個大塊頭的黑人比過手勁，那個人從西恩富戈斯（**古巴南部的城市**）來，是整個碼頭上最強壯的人。老人還記得那還真是一場持久的較量，老人和那個大塊頭在小酒店裡較量了整整一天一夜，他們的手肘支撐在桌面的粉筆線上，前臂都伸得挺直，兩個人的手都抓得牢牢的，從他們憋紅的臉就能看出他們恨不得把全身的力氣都用在兩隻手上。那個時候老人唯一的念頭就是要把這個大塊頭壓倒在桌子上，那個時候的他還年輕，什麼都不怕。四周圍觀的人很多，為了讓比賽變得更有趣味，他們都紛紛下了賭注，還七嘴八舌地議論著。那個酒店並不大但生意很好，裡面點的是煤油燈，燈光不是很亮，可是屋子裡卻很熱鬧，不斷地有人進進出出。可是老人卻極為專心，他所有的注意力都集中在那個大塊頭的黑人身上，他死死地盯著對方的臉、手和前臂。時間一分一秒地流逝，兩個人還在較量著，就這樣一直過了八個小時，戰局上還是看不出誰將要勝出，兩個人依舊是勢均力敵。但有一個人似乎有些堅持不住了，站在一旁的裁判已經盯著兩個選手整整八個小時，他從未裁判過如此激烈的比賽，也從沒見過如此勢頭強勁的對手。這使得他們在接下來的時間裡不得不每隔四個小時就要更換一次裁判，因為就算是選手有使用不完的力氣，可是對於裁判來說，他們需要時間休息。比賽還在繼續著，兩人的手握得更緊了，時間持續得更久了，兩人的肌肉都繃得緊緊的，一股鮮紅的液體漸漸從老人和黑人的手指甲中噴湧而出，沒錯，那是血。那血流到他們的手腕、胳臂，熱熱的暖流正像是他們熱烈的戰鬥情緒。剛開始，下注的人緊緊地圍在四周激烈地議論著，隨著時間的推移，有一些人已經失去耐心，他們不停地進出，每當有一些人離開，立刻就會圍上來一群新的觀眾，小小的酒店裡擠滿了人，連酒店角落牆邊擺著的高腳椅上都坐滿了人。

這個小酒店的裝潢雖然算不上華麗，但是至少算是精緻了。四周的牆壁是用粗壯的木頭做成的，並漆上明亮的藍色，整個小酒店瞬間就被映襯得寬敞起來，黑夜裡，微弱的燈光下，兩個人的影子都被投射到了牆上，透過牆上的影子依舊可以看得出大塊頭黑人的魁梧，海邊的微風透過窗子一直吹到酒店內，煤油燈的光亮被吹得閃閃爍爍，映在牆壁上的影子也開始隨著風搖曳起來。

一整個晚上，勝利的優勢都在兩人之間徘徊，黑人因長時間的困戰已經有些口乾舌燥了，周圍的人餵給他喝了他最愛的蘭姆酒，一杯酒下肚後，緊接著

又吸起一枝煙，煙抽了過半，酒的勁頭才剛剛上來，蘭姆酒開始發揮作用了，黑人開始再一次發揮出蘊藏在體內的威力。黑人猛地用力，老人明顯有些招架不住了，哦，當時他還不是老人，是年輕力壯的聖地牙哥，他的手板開始漸漸向桌面靠攏，圍觀的群眾也替他捏了一把汗，他們可以清楚地看到老人的手板幾乎下降了三吋。年輕時候的聖地牙哥和現在一樣地堅持，對他來說冠軍的獎盃上就鑲嵌著自己的名字，即使是沒有那個獎盃，他也可以憑空構想出一個，所以拼盡全力的聖地牙哥終於又追回那三吋的差距，兩人的手腕又恢復了筆直的狀態，使得勢均力敵的較量又開始新的一輪。

就在老人追回差距的那一刻，他有著一種可以戰勝這個大塊頭的強烈預感，聖地牙哥知道這個對手很可敬，他是一個好人，一名偉大的運動員。東方的天空漸漸發亮，光亮的來臨意味著這場比賽就要畫上句點了，所有下注的人都要求判定比賽以平局結束，可是裁判卻搖了搖頭。其實在聖地牙哥的心裡認為平局對於他來說就是失敗，因為在他的心裡從來都只有成功者和失敗者。他一直要求自己成為成功的人，一直都是。新的一天，那些下注的人都要去忙碌自己的工作了，老人覺得是時候該做個結束了，他運足了力氣，兩人的手腕開始有了一些傾斜，黑人的手腕開始漸漸低了下去，沒錯它正在一點點地低下去，老人乘勝追擊，不敢有絲毫的放鬆，低下去了，低下去了，直到最後一刻，黑人的手碰到了桌面。

老人打贏了這場持久戰，說它是場持久戰真的是一點也不為過，這場比賽是從星期天的早上開始的，現在已經是星期一的清晨了，一直到最後所有參與賭注的人都認為平局也許是最好的結局，畢竟無論是誰贏，都有人要到碼頭去卸下那一袋袋的糖，有人要到哈瓦那的煤礦公司做苦力。如果拋開這一切的話，酒店裡的每一個顧客誰不想要將比賽進行到底呢。還好，老人徹底結束了這一切，這不僅是個結束，更是一個有結果的結束。聖地牙哥贏了，在大傢伙要開始新的一天的工作之前，他用實力結束了這場戰鬥。

那次比賽過後，人人見到他都會稱呼他一聲「冠軍」，沒錯，他贏得了每一個人心中的冠軍，為此他興奮了好長一段時間。轉年間，又到了春天，萬物復甦，似乎萬物都有一種躍躍欲試的生命力在生長，那個黑人也請求和聖地牙哥再戰一次。真正的冠軍當然是不畏懼任何挑戰的，聖地牙哥爽快地答應。不過這一次，下賭注的人似乎沒有那麼多了，也許是大家的心中都已經有了自己認為的冠軍。而聖地牙哥這一次也沒有讓大家失望，他充分展示了一個冠軍的威風，輕鬆地戰勝了黑人。實際上，聖地牙哥第一次的勝利已經完全摧毀了黑人的信心，這一次他明顯地感覺到黑人已經是力不從心了。在那之後，聖地牙哥又先後參加了幾場比賽，當然結果是毫無懸念的，勝利當然屬於他。再之後，聖地牙哥就再也沒有參加過比賽了，因為他已經確信無論遇上什麼樣的對手，只要他想贏就一定可以擊敗對方。而且聖地牙哥清楚地知道，長時間參加這樣的比賽對右手傷害很大，這對他出海捕魚會有影響的，他也曾經嘗試著用左手練習，可是左手總是不聽使喚，似乎有點叛逆，所以他從那個時候起就已經不信任左手了。

第八章　到手的鬼頭刀

從回憶中回到現實的老人，還是久久不能平靜自己的心情。不過眼下，除了那個大傢伙外，老人的收穫還是少得可憐。在這大海上，他首先要做的就是塡飽自己的肚子。還好，在一架飛機的指引下，他又看到了一群飛魚。這眞是太好了，有飛魚的地方就一定會有鬼頭刀。這一次，老人能不能成功地捉到一條鬼頭刀呢？

老人望著湛藍的海水陷入久遠的記憶，回憶著那些畫面，那個年輕力壯的聖地牙哥好像就停留在昨天。陽光越來越強烈了，烤得他的左手熱熱的。老人低頭看著布滿了老年斑的左手，那個昨天的自己似乎又在記憶中漸漸飄遠了。不過還好，手已經舒服多了，夜裡溫度不要太低，那麼它應該就不會再抽筋了。不過誰知道夜裡又會發生怎樣的變故？畢竟大海是瞬息萬變的，說不定就會來點意想不到的驚喜。

「轟轟，轟轟」從遠方的天空傳來了一陣轟鳴聲，在大海上漂泊這麼長時間，除了海風和海浪的聲音，或是盤旋在大海上空的海鳥發出的幾聲鳴叫，老人很久沒有聽見過其他的聲音了。他抬起頭注視著聲音傳來的方向，漸漸地近了，近了，那個模糊的輪廓也漸漸變得清晰，那是一架飛機。它越飛越近，直到掠過老人的頭頂，老人看著它飛去的方向，那應該是飛往邁阿密的方向。老人眼看著飛機掠過自己的頭頂，它的影子投射到海面上，一群群飛魚跟著跳躍起來。「哦，可愛的小傢伙們，難道你們也喜歡這個會飛行的大傢伙嗎？」老人興奮地看著那些飛魚說道。

「瞧啊，這麼多的飛魚，這裡一定有鬼頭刀。」老人說。他有些按捺不住了，他讓身體慢慢地往後仰，輕輕地靠在釣線上，他想要嘗試著能不能把大魚拉得近一些，可是不行。釣線被繃得硬梆梆的，稍微動一下，上面的水珠就會抖動開來，好像馬上就要斷裂開了一樣。小船依舊緩緩地往前移動著，老人看著飛機，一直到它越飛越遠，消失在他的視線裡。

如果我能坐在飛機上看這片海，不知道會是什麼樣子，老人想著。從那麼高的地方俯瞰這片海，會有什麼不同嗎？如果飛機稍微飛得低一些，也許能夠看到魚。真想在兩百英尋高的地方望一望大海，想在那裡看一看海水中的魚，也許從那個視角看這片熟悉的海會帶給我不一樣的驚喜。以前在捕龜船上，我曾經爬上桅杆的橫梁，在那樣的高度就能夠看到海水中的很多東西了。從那兒看，鬼頭刀的顏色變得更加碧綠，我可以清楚地看到它們身上的縷縷條紋，還有紫色的斑點。當然，還有整個魚群自由自在地游動著。說來也奇怪，為什麼在深海中所有魚類的背部都是紫色的呢？通常都會帶有紫色的條紋或斑點。難道是因為它們游得太快了，還是它們的脾氣有些急躁呢？

海上的時間說慢很慢，說快也是很快的，轉眼間，天又快黑了，這個時候，老人經過了一大片的馬尾藻。海浪不大，海風也是柔柔的，在一片微波細浪的海面上，整片馬尾藻在緩緩地漂動著，海洋就像是它們溫暖的毯子，保護它們進入夜的夢鄉，老人一時間竟看得出神。就在這時，一隻鬼頭刀咬住了短釣線上的餌。老人清楚地記得第一次看到鬼頭刀從海水中躍起也是在一個傍晚，晚霞的最後一縷陽光，金黃色的光芒包圍著鬼頭刀的輪廓，看上去就像是一條用金子做成的魚，而它似乎很喜歡海面上的空氣，它在空中狂野地搖動著身體，擺動著尾巴，以最快的速度躍出海面，立刻又扎進海水中，好像是在做

一場精彩的雜技表演。

老人慢慢地挪動到船尾，又緩緩地蹲下，他用右手和胳膊緊緊地抓住較粗的釣線，他的左手則一點點地拉回短釣線，每拉回一段釣線，老人都會小心翼翼地用赤裸的左腳踩住，一直到鬼頭刀接近船尾，它似乎察覺到自己生命的期限已經到了，它開始絕望地上竄下跳著。老人依舊仰靠在船尾，他只是微微用力便把這隻帶著紫色斑點、閃爍著點點星光的鬼頭刀拉了起來，鬼頭刀的嘴在釣鉤上不停地一張一合，它的頭、身和尾都不停地撞擊船底，這樣的衝擊對於這條飽受風雨的小船來說著實是不小的傷害。老人知道應該快點結束它的痛苦，也應該盡早解除小船的危險，他猛地敲擊了鬼頭刀金閃閃的頭，它打了個顫就停止掙扎了。

老人把鬼頭刀從魚鉤上取下來，接著在釣鉤上放了一條新的沙丁魚作為釣餌，然後他又把釣線拋向海中。這一串動作老人做得無比的熟練，等到一切完畢之後，老人又慢慢地挪回了船頭，他清洗了左手，然後隨便在褲子上擦了擦。即便是在洗手的時候，老人依舊沒有忽略那個在海中的對手，左手清洗完畢，他慢慢地把沉重的釣線從右手轉移到左手，接著又用海水洗了洗右手。他的雙手觸摸著冰涼的海水，眼睛卻望向了太陽落山的方向，他看著太陽沉入寂靜的海，看著那依舊傾斜著深入海水中粗粗的釣線。

「它沒有改變，一點都沒有改變。」老人說。這時老人的手卻開始有了感覺，他感覺到海水打在手上的速度似乎慢了一些，水流也似乎慢了下來。「哦，這對我來說也許是個好機會，我應該把兩隻船槳捆在一起，然後把它們橫著放在船尾，這樣的話那個大傢伙就能在夜裡慢下來了。」老人說。「如果它要堅持熬夜的話，那麼我一定會奉陪到底的。」

安頓好了大魚，老人就開始思考那隻剛剛捉到的鬼頭刀了。過一會兒，我應該把它的內臟都掏出來才能把血保存在魚肉之中。不過這些事可以等一會兒

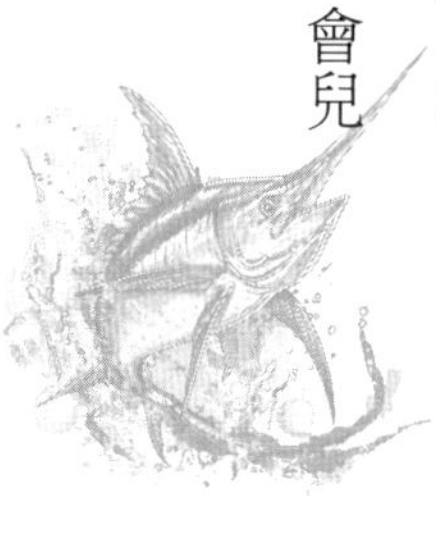

再做。這時我要先把槳綁在一起以增加些船的阻力，不過最重要的是讓大魚保持安靜，尤其是在日落的時候更不應該去驚擾它。畢竟當黑夜將臨的時候，所有的魚都會覺得不舒服，黑暗的夜總會讓它們感到不安。

老人在空中晾乾了手，然後緊緊抓住釣線，他盡量讓身體放鬆頂住船上的木板，就這樣任由著大魚連同小船和他一起往前拉，他調整到一個最恰當的姿勢使小船和他所承受的拉力是相等的，甚至小船所承受的拉力比自己更大，這樣一來他可真是省了不少的力氣。

看來我現在已經漸漸掌握要領了，老人想，至少在對付這個大傢伙的這件事上是這樣。而且現在的形勢似乎對於老人越來越有利了。這個大傢伙自從中了老人的圈套之後還沒有吃過任何東西，以個頭來說，它的飯量應該是不小的，而且它一直在不停地游著，而老人和船的動力都來自於它。相較之下，老人已經吞下了整條鮪魚，就在剛剛把明天的早、午餐也都準備好了，說不定還有晚餐。明天我就要吃鬼頭刀了，老人想著。我現在已經覺得有些餓了，或許之後清理鬼頭刀內臟的時候應該順便吃掉一些。這種魚可沒有鮪魚那麼的美味，不過還可以，有吃的已經很不錯了，世上哪有那麼完美的事情呢？

「喂！大傢伙，你覺得怎麼樣了？」老人探著身體朝著水下喊著。「我可是感覺很不錯哦，我的左手已經好多了，而且我也不用為明天的食物犯愁了，如果好好分配，這隻鬼頭刀足夠我吃上一天一夜了。大傢伙，看來你的體力還真是不錯呢！那你就這樣一直前進吧，拖著我和小船一起走。」

其實老人真實的情況可沒有他嘴上說的那樣好，因為那根勒在他肩膀上的釣線帶來的疼痛已經漸漸變成麻木，他現在已經感覺不到疼痛，這種麻木的感覺反而讓他更加地擔心。這也沒什麼，在大海上捕魚這麼長的時間，什麼樣的大風大浪沒有見過，比這更糟糕的事情我都經歷過，老人想。沒事的，沒事的，我應該多想一些好的事情，比如我的手不過是割破了一點點皮，左手也不

再抽筋了，而且我的雙腿都還健康得很，我還吃了這麼多的東西，在體力上我一定比它強。

這時天已經黑了，這很符合九月的天氣特點，只要太陽一下沉，天很快就黑了。老人依然靠在船頭磨損的木板上，趁那個大傢伙沒有動靜，他可以盡情地休息。天空上的第一批星星已經到達了自己的崗位。這麼多天以來老人一直望著這片星空，卻從未好好地欣賞過。現在的他不知為何心情平靜了很多，也許是因為左手終於聽話地不抽筋了，又或許是因為他已經見到那個大傢伙，即使它真的很大，至少它不再是老人未曾謀面的對手了。老人望著天空，在獵戶座下那顆明亮的星星一下子就吸引了他的注意，它的光芒在整片夜空中顯得格外迷人，就像是在向老人打著招呼，可是很遺憾，老人不知道它的名字。不過還好，老人注意到它了，而且他知道很快就又會有第二批、第三批的星星出現，這樣就會有新的夥伴來陪伴它和老人了。

「在這片海上，我的朋友還真是不少呢？那個在水裡不停游著的傢伙也是我的朋友。」老人大聲說。「我從來都沒見過像它這樣的魚，甚至都沒有聽說過它，我再過一會兒就要把它殺死了。不過還好，我不用去殺星星，它們還是可以一如既往地在夜空裡閃爍著，一如既往地陪著我。」

假如，每天都有人要殺死月亮的話，那又會怎樣呢？月亮一定會逃走吧。假如每天都有人要殺死太陽，又會怎麼樣呢？看來我們人類生來算是幸運的，老人想。

老人的老毛病又犯了，他已經開始同情那條還沒有吃過東西的大魚，他為它感到難過。可是作為捕魚人必須抑制住自己的難過，他只能一遍遍地堅定自己要宰殺它的決心。如果真的能夠捕到它的話，它又能夠餵飽多少的人啊。可是人類真的有資格去吃它們嗎？它是那麼的堅強，那麼的偉大，這一切都能在它的行為上得到印證。看來答案是否定的。每次一想到這兒，老人都會不由自

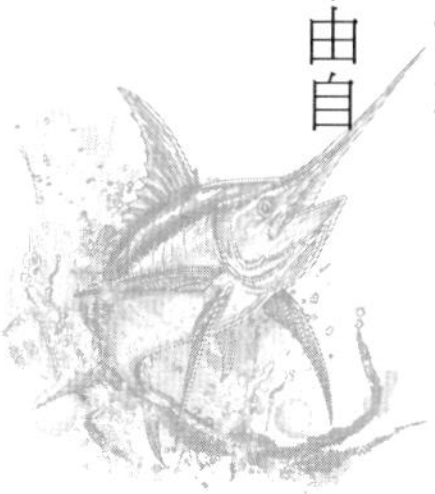

主地停下來。

唉，我總是想不明白這些事，老人想著。還好我們不必去宰殺太陽、月亮或者是星星，每天都生活在這片海上，要宰殺我們的「朋友」就已經夠我受的了。這種友情也許只有我們自己最有體會吧，特別是在我獨自漂流海上的時候。

我現在不能再繼續思考這些事了，老人想。把船槳拖曳在水裡增加船的阻力，儘管這樣做能起到一定的作用，可是同樣也有危險存在的。如果那條魚突然用起勁來，而船槳造成的阻力會使得小船不會那樣地輕巧了，這樣的話魚一定會把釣線拉得很遠很遠，甚至能夠趁機逃走。如果船身輕的話，那便會延長我和大魚雙方的痛苦，可是這又恰恰能使我更加地安全，其實這個大傢伙的速度是驚人的，只不過是還沒有完全施展開來而已。接下來，我應該先把那隻鬼頭刀的內臟掏出來，以免整隻魚壞掉，而且我也需要一些魚肉來補充一下體力了。

一切都還好，一切都還好，沒有什麼太大的變化。現在我可以先休息一個多小時，順便我還可以感覺一下，並確定那個大傢伙是否還是那樣的結實、那樣的安穩，然後我要到船尾去幹些活，再做決定是否要使用船槳，老人想著。在這期間，我可以看看它有什麼動靜，會不會有一些意想不到的變化。雖然我覺得使用船槳是個妙招，現在已經到了最關鍵的時候，我必須要穩紮穩打才行。不能小看這個傢伙，它還是很有本事的。雖然剛剛只是和它短暫地見面，我卻看見那魚鉤就牢牢地鉤在它的嘴角上，刺透了它嘴角上的肉，可是它居然能夠緊緊地閉著嘴巴。如果說這個魚鉤的煎熬算不上什麼的話，那麼長時間飢餓和面對我這樣一個它絲毫不了解的對手應該就是對它真正的挑戰了，可是它居然一直堅持到了現在。歇一下吧，就一下，等到再次有活幹的時候就又要開始戰鬥了。

老人和船就這樣在海面上漂流著，他估計差不多已經有兩個小時了，可是

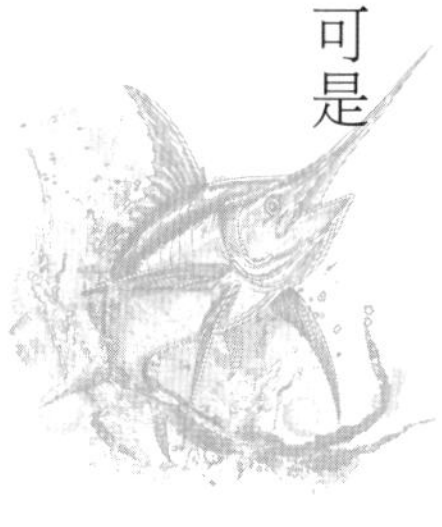

他無法確定具體的時間，因為月亮還沒有露臉，它應該還要等到很晚才會出來。其實老人所謂的休息根本稱不上是真正的休息，或許只有在他看來算是休息吧。畢竟在這海上的每一分、每一秒他的肩上都背負著那個大傢伙所帶來的沉重拉力，於是他把左手靠在船頭的舷邊，這樣一來就能夠輕易地把對抗大魚的拉力轉移到船上了。

如果釣線能夠被固定住的話，那該有多麼的輕鬆啊，老人想。可是只要大魚稍稍掙扎一下，釣線就會斷掉的。我現在必須要用全身的力氣才能夠緩衝釣線的拉力，而且我的雙手也要時刻準備著在適當的時候放出一段釣線，以防釣線會突然間繃斷。

「一直到現在，你還沒有睡覺呢，老頭。」老人大聲說。「已經過了一個白天，一個晚上，現在新的一天又來到了，可是你還沒有睡覺呢。不能再這樣下去了，老頭子，你要盡快想出一個辦法，趁著大魚安靜不搗亂的空檔睡上一會兒。無論如何都要睡上一會兒，哪怕只是一小會兒，如果再不睡，你的腦袋會不清楚的。」

不過現在他的頭腦還是很清醒的，清晰得就像是天上那些朋友們，那些明澈透亮的繁星一樣。可是凡事都不能只看到眼前，老人知道他還是需要睡覺的，就像太陽和月亮也需要交替著休息，即使是高掛在夜空的星辰，老人相信它們也會不時地打一下盹的。而在海面一平如鏡的時候，甚至連海洋也是在沉睡著。

沒錯，要休息，要睡覺，趕快找個可靠的辦法來整理一下釣線吧。不過眼下應該先去收拾一下鬼頭刀。睡覺還是等一下吧，畢竟我總覺得把船槳綁在一起來增加阻力的做法還是太冒險了。

要處理那隻鬼頭刀就要先移動到船尾才行，他首先要做到的就是不能驚動海水下的那個大傢伙，畢竟現在的它還是很安靜的，也許它正在半睡半醒之

中，所以老人四肢著地輕輕地向船尾爬去。他正在竭盡全力控制自己的姿勢和力道，盡量保持著不去扯動釣線。我要讓它就這樣一直游下去，直到它筋疲力盡，直到它生命結束。

到了船尾之後，老人一轉身便把身體移到了合適的位置，左手緊緊地抓著斜背在肩膀上的釣線，右手從刀鞘中抽出一把鋒利的刀。老人覺得今晚的夜格外地黑，可是還好，天上還有他的星星夥伴，也許是因為夜真的太黑，那星光顯得格外地明亮，借著星光可以清楚地看到鬼頭刀。該要怎麼處理這隻鬼頭刀呢？老人想著。他以最快的速度將手中的刀插進了鬼頭刀的頭部，從船尾把魚拖出來。接著，他用一隻腳踏在魚的身上，又一刀下去，鬼頭刀的身體從上到下都被劃開了，從肛門附近一直到下顎尖位置。然後，他放下刀子用右手開始除去它的內臟，內臟很快地被掏得乾乾淨淨，接著又輕而易舉地把兩側的鰓拉扯下來。再下來，老人手中拿起那塊鼓鼓的胃，可是他的心裡卻在納悶：奇怪，這隻魚也不算大啊，可是它的胃為什麼會這麼大呢？於是老人用刀子小心翼翼地劃開手中這個沉甸甸、滑溜溜的胃，原來裡面還藏著兩隻小飛魚，它們都已經變得硬挺挺了，不過還算新鮮。老人將它們並排擺放在船板上。其他的內臟和鰓全都被扔到大海中了。就在拋出船外那一瞬間，海水被激起了一道波光，可是很快地就恢復了平靜，就像是什麼都沒有發生過一樣。此時鬼頭刀的身體已經變得冰涼，星光下的顏色像是患了痲瘋病似的灰白色。老人繼續用右腳踏住魚的頭，固定住它的身體，用力一拉，一邊的皮就被拉了下來。接著將它翻轉了一面，另一邊的皮也很快地被剝了下來。最後一步，老人展示了熟練的刀工，一把刀加上熟練的技法，三兩下就把肉從骨頭上分離開來，整條魚骨被剔除得乾乾淨淨。所有的步驟完成之後，老人拿起了魚骨將它沿著船舷滑入廣闊的大海中，這一次老人一直注視著魚骨，他想要看看它落入海水中的那一刻會不會造成漩渦，可是當它落入海水中就開始慢慢下沉了，海面上只留下一道磷光。老人慢慢回轉過身，拿起那兩條飛魚，接著用兩片魚肉把它們完好地包裹起來，然後他把刀子收回刀鞘中。他則是慢慢地挪回了船頭。釣線的重量依舊存在，只是剛剛的注意力全部集中在處理那隻鬼頭刀，似乎已經忽略了釣線的重量。現在工作完成了，他又感受到那種被壓迫的感覺。他弓著背，手中拿著那塊捲好的魚肉，一點點地向船頭挪動著。到了船頭，老人將捲好的魚肉輕輕地放到船板上，他放的時候很小心，並沒有破壞掉整個魚捲的形狀。稍稍穩住了身體後，他調整了一下斜壓在肩膀上釣線的位置。他這一次用左手抓住了釣線，並將手搭在船舷上。這樣他就能將整個身體側向一邊，另外一隻手就能夠在海水中清洗魚捲了。他一邊清洗著魚捲，一邊觀察水流的速度。老人剛剛剝過魚皮的手還閃爍著點點磷光，水流拍打著老人的手，不時濺起晶瑩的水珠，磷光與水珠交相輝映，像是星星落入了大海。老人感覺到此時的水流並不是那麼急。清洗之後，老人又在船殼的外板上擦了擦手，這下老人才將自己的目光放遠，他才發現不只是自己的雙手，連在稍遠的海面上也漂浮著微小的磷光。它們就這樣漂著、漂著，一直漂向船尾。

第九章　最後的決鬥

有人說：休息是爲了走更長的路。老人顯然學會了這句話，對於這個大傢伙的勁頭，老人並沒有多大的信心可以戰勝，可是論起智慧，老人卻始終堅信那個大傢伙不如自己。他總能夠抓住空檔讓自己好好地休息一下，一直等到眞正的決鬥來臨。這一刻老人期盼了很久，當然那個大傢伙想必也忍受了很久。你準備好了嗎？讓我們看看這場世紀對決的結果吧。冠軍聖地牙哥，看看你還能不能爲自己重新贏回這個稱號。

「看樣子，這個大傢伙真的是越來越累了，也許現在它正在休息。」老人說著。「如果是這樣的話，我為何不趁這個時候也休息一下呢？對，就是現在，休息一下，睡上一會兒，就一會兒。」

星空之下，夜晚越來越冷了。吃點東西吧，也許吃點東西就能暖和起來，老人想。於是他拿起了魚捲，一口氣吃下了半片鬼頭刀的魚肉和一條飛魚。「嗯，如果能經過烹煮，味道一定更好。鬼頭刀是多好的魚啊，但生吃的味道倒是不怎麼樣。下次我一定要記住，如果沒有帶鹽和萊姆就不能啟航。」老人說著。

如果我能早些想到，就應該在白天往我的船頭潑海水，讓強烈的陽光把它們曬乾之後就能留下鹽了。可是仔細想想，我捕到這隻鬼頭刀的時候已經是傍晚了。可是我應該事先就預料到的，無論如何，我的準備還是不夠充分。不過沒關係，這樣的味道我還是可以忍受的，我已經把它嚼好，嚥下去了，而且沒有反胃。

這漫長的夜就要結束了，東方的天空上陰雲漸漸浮現，那些掛在天空上的朋友們此時也要和老人說再見了，它們正一顆顆地從東方的天邊滑落，像是滑進了一個由雲團圍成的大峽谷裡。夜裡的海風在此刻也停息了。

「看著這些雲，看來壞天氣再過三四天就要來了，」老人說。「不過應該還要再過三四天，至少今天晚上還不會，明天應該也不會。」老人憑藉在海邊生活多年的經驗判斷。「現在，一切該做的事情都做得差不多了，我可以睡一會兒了。那個大傢伙依舊是平靜、安穩的。我一定要抓住這個時機。沒錯，睡上一會兒。」

老人用右手緊緊地握住釣線，然後用大腿抵住了右手，身體斜靠在船頭的木板上，然後讓全身的重量都壓在小船上。緊接著拉低了肩膀上的釣線，然後用左手撐住。老人知道，只要釣線能一直這麼撐著，那麼右手就一定能夠把它緊緊地握住。「如果在我睡著的時候釣線鬆開來向外滑去，那麼左手一定會在第一時間向我發出警報，那我就會在第一時間驚醒。這樣一來，右手就要更加地辛苦一些，不過沒關係的，反正它已經吃慣了苦。我只需要睡上一會兒，哪怕只是半個小時或者更短只有二十分鐘也好……」老人的嘴裡還在自言自語著，他的身體又向前方輕輕地挪了挪，全身上下凡是能夠使上力的地方，他都用來緊緊地夾住釣線，可是最關鍵的重量都全部落在了右手上。終於，老人睡著了。

天邊露出一片微弱的白亮光芒，太陽應該快要出來了，這個時間海上的飛鳥、海中的魚類應該都快要甦醒了。老人剛剛才睡去，就讓他再多睡一會兒吧，淡淡的海風吹拂著老人的頭髮，在睡夢中的老人終於舒展開緊皺的眉頭，在他的夢中好像也有這片海，也有這海風，也有那即將升起的太陽。

這一次，老人的夢中沒有獅子，卻有成群的鬼頭刀，那可真的是一大群的

鬼頭刀呢。它們成群結隊地綿延到足足有八到十哩長。現在剛好就是交配的季節，這些鬼頭刀會高高地跳竄到空中，海面就會形成一個個的小水渦，在空中展現了完美的身姿之後，它們會以最快的速度再次落回那個小水渦裡，隨之濺起的水花打到了老人的臉上。

後來，這些鬼頭刀在夢裡離老人越來越遠，漸漸地模糊了，消失了。取而代之的是老人在夢裡看到了自己，他就躺在一張乾淨的床上，村裡颳起了強勁的北風，他感覺非常的寒冷，他的右手已經麻木了，因為他把頭枕在自己的手上。

再後來，他的夢中又出現了新的場景，一片長長的金黃色的海灘上有著一群輪廓模糊的東西，起初，老人並不能看出那是什麼，只是不知不覺地向它靠近。漸漸地，眼前的景象變得越來越清晰了，那是一群獅子。第一頭獅子在傍晚時分出現在海灘上，跟在它身後的就是整個獅群。老人將小船停泊在那裡，把下巴靠在船頭的一塊木板上，海面上吹來一陣陣的晚風，老人靜靜地趴在船上欣賞著那些獅子，他希望能看到更多的獅子，此時的他覺得很快樂。

太陽還沒有從東方升起，月亮已經高掛在天空很久了，老人還在熟睡，大魚依舊在平穩地游著，小船也一直漂流著，就像是航行在雲彩搭建的隧道中，多希望時間就在此刻停止，一切都是那麼的平靜。

但是很遺憾，時間從來都不會為了任何人、任何事而停止。儘管在夢中的老人還在享受著那份屬於他自己的寧靜，可是現實卻不得不把他喚醒。

突然，老人的右拳滑落下來砸在他的臉上，老人醒了，右手的釣線正以飛快的速度滑出去，左手已經完全麻木了，沒有任何的感覺。他使盡全力想用右手讓釣線停住，可是釣線依然飛了出去。失去釣線的老人驚慌極了，他拼命地揮動著雙手想要找到釣線，最後竟然是那隻左手立了大功，沒錯，它重新找到了釣線。老人盡量把身體往後仰，用力抵住釣線，釣線依舊以飛快的速度掠過

老人的背部和左手，老人感受到一陣火辣辣的灼痛感，因為左手承擔了所有的拉力，一道深深的勒痕就刻在老人的左手上。老人回頭看了看盤起的線圈，釣線正在以飛快的速度飛出去。而就在這時，那個大傢伙終於忍耐不住，它飛快地躍出海面掀起了巨大的海浪，隨即又落入海中。老人拼命地拉住釣線，但釣線依舊在飛速地往下滑，而且隨時都有斷掉的危險，即使是這樣，那個大傢伙還是一次又一次地從海水中躍出、落下。此刻的它像是真的爆發了，長久地壓抑在海水之中早就已經受夠了，現在它決定要和老人來個生死決鬥。

它一連串的跳躍把小船拖得極快，老人在船上左搖右擺，盡力掌握著小船的平衡，可是它的力量實在是太強了，老人來不及站穩就被拉倒，他重重地撞擊在船板上，緊緊地靠著船頭，臉緊貼在那些被他切成條狀的魚肉上，整個身體動彈不得。

哦，大傢伙，你終於出手了，我等了這麼長的時間，就是在等待這個時刻的到來，來吧，夥計，我可是不會輕易倒下的，就讓我們痛痛快快地打一架吧。你毀了我那麼多的釣線，現在我要讓你為此付出代價。儘管老人現在沒有力氣對那個大傢伙喊出這些話，可是在他的心裡已經默念著這些話千百遍了。

趴倒在船板上的老人完全動彈不得，他看不到大魚從水中躍起的樣子，只能聽著海水崩裂開的聲音和那個大傢伙落入海水中濺起的水聲。釣線依舊在飛速地落入水中，飛速掠過的釣線嚴重地割傷老人的手。這可不行，如果再這樣下去，我的手很快就會爛掉的，老人想。可是眼下，單憑一己之力是絕對不可能控制住釣線的。於是老人調整了釣線在手中的位置，讓釣線盡量劃過手中長滿手繭的地方，而不讓它滑落到較脆弱的手掌，更重要的是不要割傷手指。

如果那個孩子在這兒，他就會弄濕釣線的，老人想。如果那個孩子在能這兒就好了。

釣線繼續向下滑，繼續滑著。不過老人注意到它向下滑的速度越來越慢了，他發誓一定要讓這個大傢伙為每一吋滑下去的釣線而付出代價，一定要。或許是這樣的決心給了他力量，又或許是大魚速度的減慢堅定了他的希望。他盡力把頭從那些被壓得粉碎的魚肉條中緩緩地抬起來，然後用膝蓋抵著船板，他一點點地用力，嘗試著慢慢地起身。「你行的，聖地牙哥，你曾經被所有人稱為冠軍。也許現在大家都忘了這個稱呼，因為你不再年輕，或許力氣也不如從前了，但是你應該記得當時是什麼讓你贏得了冠軍的榮耀，沒錯，是堅持，有了它你依舊會是冠軍。來吧，老頭子，站起來，老頭子。」老人用力從嘴中擠出這番話，終於他重新站了起來。

老人的手中依舊不停地放出釣線，不過速度變得越來越慢了，他開始緩慢地挪動著自己的雙腿，他一邊挪動，一邊試圖找尋那些看不到的線圈。剩下的釣線還有很多，現在那個大傢伙必須要克服所有的摩擦力，才能夠把新的釣線也拉進水裡。

是的，現在看來，形勢對我已經漸漸有利了，老人想。這個大傢伙跳上跳下已經十多次了，它的魚鰾中一定充滿了空氣，它已經不可能再潛回到深海中，然後悄無聲息地死在一個我不知道的地方了。接下來，它一定會不停地快速打轉，我就能夠趁著這個時機對付它了，我是絕對不會放過這個機會的。

說來也奇怪，它怎麼可能會突然間驚跳起來呢？難道是難挨的飢餓感逼得它不顧一切，或者是在這個黑夜的海洋中受到了什麼驚嚇？可是一直以來它都是那麼的鎮靜啊，它是那麼的龐大，那麼的堅強，那麼的充滿信心、無所畏懼，真的很奇怪，我實在弄不清楚真正的原因。

「不管怎麼樣，老頭子，你最好也要做到信心十足，最好也是無所畏懼，」老人對自己說，「現在你已經又一次逮到它了，可是你卻收不回釣線。注意了，集中精神，一會兒它就會打轉的。」

那個大傢伙越來越虛弱了，老人靠著左手和肩膀已經把它控制住，他彎下

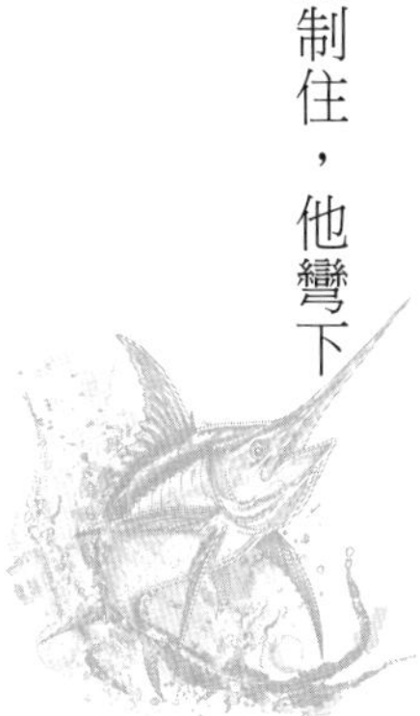

身體，接著用右手舀了一些海水，他用海水沖洗著臉，想要把那些鬼頭刀的肉渣沖洗乾淨，因為這樣的味道會讓他想要嘔吐，這樣一來他就沒有足夠的力氣來對付那個大傢伙了。接下來，他又把右手伸到了海水中，他希望能在鹽水裡浸泡一下自己的手，剛入海水時，一股刺痛的感覺直接鑽入心底，但是一會兒過後就好多了，也許是疼痛已經讓老人麻木了。天空中放出更明亮的光，老人抬頭望著東方的天空中那一輪紅日，新的一天，新的曙光到來了，這一天會是怎樣的呢？這一切會在今天結束嗎？老人不知道。他只知道小船從剛剛就在一直向東移動著，這說明那個大傢伙現在應該是筋疲力盡了，它再也沒有力氣帶動小船，現在的它只能選擇隨波逐流了。看著吧，用不了多久，它一定會開始打轉的，等到那個時候，真正的決鬥就要開始了。

右手在海水浸泡的時間已經夠長了，於是他抽回右手，然後打量了一番。

「哦，還可以，這真的沒什麼，真正的男子漢是不會在意這些小事的。」老人邊搖了搖頭邊說道。

他又重新抓起釣線，這一次，他更加地小心，盡量不讓釣線碰到手中剛剛被勒傷的部位，接著又稍微調整了身體的重心，趁著這個時候，他騰出了左手，然後把左手伸到小船另一邊的海水。「哦，左手，我不得不承認以前一直認為你很沒用，可是今天你發揮得還真是不錯。不過還是有一陣子你並沒有幫上什麼忙。」老人對著左手說道。為什麼我生來就不能有兩隻好手呢？老人想。也許這都是我的錯，我沒有能夠好好地訓練這隻手，不過只有天知道曾經給它提供了多好的學習機會。這一次它在夜裡的表現還真是不錯，只抽了一次筋，如果它多抽幾次的話，那我還真是寧願它早點被釣線勒斷算了。

老人想到這裡，突然覺得頭有些暈暈的，漸漸地迷糊了，他知道他需要一些鬼頭刀的肉來讓頭腦清醒一些。只是我現在還不能這麼做，老人對自己說。因為那個味道真的是太讓人痛苦了，老人不希望因為嘔吐而再次耗費體力，也

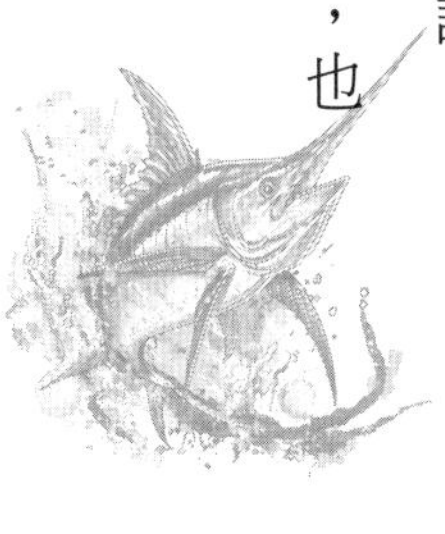

因為不知道將會有怎樣一場硬仗正在等待著他，所以他寧願就像現在這樣昏頭昏腦。其實，就算我把它吃到肚子裡，它也不會留在我的胃中，畢竟我的臉都已經和它們親密接觸過了。我會吃它們的，但不是現在，應該是等到某個緊急的情況之下，但願到那個時候它還沒有壞掉。也許現在才想到要靠補充營養來增加自己的力量已經太晚了。「哎呀，你這個笨老頭，你把另外一條飛魚吃下去不就好了嗎？」老人突然激動地對自己大喊道。飛魚就在那裡，已經去除了內臟，只要老人願意的話隨時都可以吃掉它。他用左手輕輕地撿起飛魚，接著把它放到口中咀嚼起來，其實老人可以一口把它吞到肚子裡去，可是他想要細細品味一下這難得的味道，畢竟現在除了它以外，老人就只剩下那些難以下嚥的鬼頭刀肉了。老人一小口一小口細細地咀嚼著，最後連同飛魚的尾巴也一起吞了下去。

飛魚不僅味道不錯，而且營養豐富，老人對於這一點一直都是深信不疑。

它一定能夠讓我增添新的力量，這正是我現在最需要的，老人想。我現在覺得精力充沛，已經迫不及待地想要和它決鬥了，真希望它現在就打轉，我們就能進行最後的決鬥了。

朝陽籠罩著東方的天空，第三次了，這是老人出海以來第三次看到日出，這樣的陽光像是把一切都喚醒了，當然也包括它。沒錯，那個大傢伙現在開始打轉了。

其實從傾斜的釣線根本看不出大魚正在打轉，只是覺得釣線的拉力似乎有些鬆了，他用右手輕輕地拉了一下釣線，可是釣線仍然繃得很緊，似乎隨時都有繃斷的可能。就在他拉到最緊繃的時候，釣線卻漸漸地往回收。老人的頭和肩膀從釣線的下面鑽了出來，他開始穩穩地收回釣線，老人有節奏地輪流使用雙手，而他的雙腿和身體此刻成了兩隻手臂最堅強的後盾，他的兩條老腿一屈一伸，肩膀一前一後都隨著雙手的節奏在不停地活動著。

「這一定是一個很大的圈子，不過現在它肯定是在打轉了。」老人邊收著釣線邊說道。

可是釣線很快地就再也收不上來了，老人盡力拉了拉釣線，仍舊是沒有動靜，老人注視著釣線，他看到釣線在陽光下又迸濺出水珠，他知道這一定是那個大傢伙又在跟他抗議了。果然，接下來它開始往外拉釣線，老人好不容易才收回的釣線又以飛快的速度滑向了船外，它的拉力很大，老人一下子跪了下來，他只能無奈地看著自己手中的釣線一點點地滑回深暗的海水裡。老人知道現在它一定是旋轉到了圈子的邊緣，現在不是和它正面對抗的時候，等它旋轉到圈子中心的時候，老人就可以再一次運足力氣收回釣線，這樣每一次收回一點一定可以縮小它旋轉的範圍，也許只需一個小時，老人就能看到這個大傢伙了。等到那個時候，我一定要戰勝它、馴服它。老人在心裡默默地下定決心。

可是這個大傢伙不僅是力氣充足，它的毅力也著實讓人佩服，它就這樣默默地旋轉著，一直堅持了兩個小時，這時老人已經是大汗淋漓了，那條飛魚所補充的體力似乎已經消耗殆盡，可是他還是看到了希望，大魚游動的圈子正在一點點地縮小，而從釣線的傾斜度看來，可以斷定它正在一點點地上浮。

可是老人的狀況並不算好，他的視野裡出現黑色的斑點，這樣的情況大概已經維持一個小時了，帶著鹽分的汗水還不斷地滲進老人的眼睛和額頭的傷口。其實老人並不太擔心眼前的斑點，對於長時間站在太陽下面的人來說，這是再正常不過的事了，況且他還一直用著全身的力氣和大魚作戰。可是有兩次，老人竟然覺得頭昏眼花，這讓他擔心起來，深怕下一秒鐘就會倒下。

「不，我不能這樣自暴自棄，我不能就這樣死在一條魚的面前。」老人說。「既然我已經讓這個大傢伙慢慢地接近我，我就應該徹底地戰勝它。萬能的天主啊，就請幫我挺住吧，如果我能夠勝利的話，那麼我一定會誦讀一百遍的《主禱文》，一百遍的《聖母經》，可是現在還不能念。」就當作已經念了

吧，他想。我以後再念。

就在這時，老人的雙手緊緊地抓住釣線，他猛地一拉，頓時感受到劇烈的撞擊，這個撞擊的來勢很猛烈，而且感覺硬梆梆、沉甸甸的。

那個大傢伙正在用它像矛一樣的嘴巴撞向金屬質地的導線，老人的腦海裡頓時反射出了大魚在深海裡的樣子。他早就料到大魚會這樣做，它不得不這樣做。可是這樣一來它就會跳起來，其實老人更希望它能夠繼續打轉。為了能夠呼吸到空氣，它不得不跳起來。可是每跳一次，魚鉤對它造成的傷口就會加大一點，這樣它脫鉤逃跑的機會就更大了。

「哦，別跳了，大魚，就算我求你了，別跳了。」

在老人的祈禱下，這條大魚又撞擊了好幾次金屬導線，每當它的大魚頭撞擊一次，老人都會立刻鬆開一小段釣線。老人知道這樣做就可以讓它的疼痛一直集中在那塊老地方。相比較它來說其實我的疼痛還好，而且我是可以忍受住的，不過它就不一樣了，它的疼痛足以使它發瘋的。

又過了一會兒，大魚終於停止撞擊，它又開始慢慢地打轉了。老人重新收回那些釣線，他好像又看到了希望。此時，他的頭再度開始暈眩，他抬起頭看到蔚藍的一片，竟然有些分不清哪裡是大海，哪裡是天空。他討厭這種暈眩的感覺，這會讓他錯失最佳的捕魚時機。於是他用左手撈起一些海水淋到頭上，可是這點水似乎還不能讓他完全清醒，接著他又淋了更多水在脖子和後背上，順便擦了擦背。

「哦，還好，左手現在的狀態很好，它沒有抽筋了。」老人說。「相信一會兒大魚就會浮上來，我一定要堅持住，左手你也要堅持住，別慌，讓我好好計畫一下，要對付這個大傢伙只有決心是不夠的，還需要想出一份周密的計畫，沒錯，周密的計畫。」老人的嘴中不停地重複著這些話。

他靠在船頭。暫且把釣線先掛在肩膀上吧，現在它正在轉向比較遠的地

方，我先暫時歇一歇吧，等到它再次轉過來的時候，我就可以快速地站起來打它個措手不及，那樣我就能夠擊敗它，老人決定了。

老人靠在船頭頓時覺得舒服極了，真希望能夠多歇一會兒，就讓那個大傢伙在海裡轉上一圈吧，就一圈，我也可以不用收回釣線。老人正這樣想著，就在這時，釣線漸漸地變鬆了，這說明大魚已經游了回來。老人突然間站了起來，之前的想法瞬間都被他拋到腦後，他飛快地轉動身體，兩隻手就像是織布一樣地往回拉，在最短的時間內他就把所有的釣線全部拉了回來。

唉，我真的是太累了，從來都沒有像現在這樣累過，老人想。風，我似乎感受到周圍正颳著一股信風，這對我來說似乎是個好兆頭，因為這風剛好有利於我把這個大傢伙拉上來，我真的是太需要這樣的風了。

「老頭，再撐一下，等到下一次它再轉圈圈的時候我就可以歇一歇了。」老人說。「是的，現在我已經好多了，等到它轉上兩三圈之後，我一定就能夠逮住它了。」老人把他的草帽戴得很靠後腦以免影響視線，此刻他能夠強烈地感受到魚正在轉身，可是他沒有料想到大魚的動作竟會如此之大，他手上的釣線收得太快，老人一個沒站穩，結果被釣線拽得一屁股坐在了船板上。

哦，魚呀，看來直到現在你的力氣還真是不小呢，老人想。你就這樣繼續折騰下去吧，等到你再次轉身，我再好好地收拾你。

海風捲起的海浪大了很多，不過看樣子這風預示著晴天，老人喜歡這樣的風，因為乘著這樣的風就能安然地回到家，他已經有些想念那個在海岸上的家了，那掛在牆上的老照片，那把躺椅，當然還有最最重要的，那個小男孩。老人出海已經好幾天了，他漂離自己的家太遠了，他害怕自己會迷失在回家的路上，他望向周圍的海域，望向遠方的天空，「沒錯，只要船繼續向西南的方向前進就行了，」老人不禁自言自語起來，「真正的男人是不會迷失在海上的，而且它是長長的島嶼。」

終於在大魚轉到第三圈的時候，老人再一次看到了那條魚。深暗的海水中，老人只依稀看到了一個朦朧的黑色影子，他覺得這個影子很長，它花了很長的時間經過船底，這長度比他曾經見過的任何一條大魚都要長。

「不，不可能，它不可能有那麼大，我簡直不能相信我自己的眼睛。」老人說。

可是它的確就有那麼大，沒錯，就是那麼大。大魚輕輕地轉了一圈，接著浮出了水面，第一次，它逼近了老人，此刻它離老人的距離只有三十碼了，大魚的尾巴已經露出了海面，那看上去比大鐮刀的刀刃都要長的尾巴正在不停地攪動著海水，深藍色的海面上只見那一抹淡淡的紫色格外引人注目。魚尾巴一直向後掠過深藍色的海水，此刻的它就在海面上游動著，老人可以清楚地看到它那朝下的背鰭，那伸展開的巨大胸鰭，不過老人最喜歡的還是欣賞它那鑲嵌在巨大魚身上的那些紫色的美麗條紋。

大魚又轉了一圈，這一次老人看到了它一邊的眼睛。

老人在大魚的身旁發現了兩條小鯽魚，它們也在盡情地游著，時而緊緊貼近大魚的身體，時而又突然逃竄開來，時而又以悠閒的姿態在大魚的影子裡自由地游弋著。你可不要以為它們的體積很小，那不過是因為它們正在大魚的身邊，實際上它們的身長都超過三呎，如果它們游得飛快，那簡直活脫脫就和鰻魚甩動著身體是一個樣子。

老人的額頭、後背都不禁冒出了汗，但不全是因為炎炎的烈日。每當大魚冷靜地轉一圈，老人都會盡力收回釣線。他總是告訴自己，「快了，快了，再兩圈，我就一定能夠把魚叉插進魚身上了。」不過我一定要讓它更靠近我一些。每當它離我更近一步，那麼我將魚叉直刺入它的心臟的機率就增加一點，沒錯，我一定要一擊即中，千萬不能將魚叉插在它頭部或是什麼無關緊要的位

置。

「深呼吸，老頭子，調整好你的狀態，用足你全身的力氣，來吧，大傢伙，我不怕你。」老人為自己打氣道。

可是大魚逼近小船的過程似乎沒有想像中順利。它繼續打轉，大魚的背微微露出海面，那弓起的背宛如一個小土丘。可是它離小船的距離似乎又更遠了一些。老人拼盡全力回收著釣線，它繼續打轉，又更遠了一些。但老人確信只要再多拉回一些釣線，那個大傢伙就一定能夠靠近小船，因為現在它露出水面的體積已經越來越大了。

老人早就已經準備好了鋒利的魚叉，魚叉上的輕繩被放在一個圓形的籃子中，繩子的另一頭則被繫在船頭的纜樁上面。

大魚就這樣一點點地靠近，它的身體很沉重，可是看上去卻非常漂亮，全身上下流暢的線條勾勒出豐滿的軀體，大魚只有尾巴不停地划動著，到了該用盡全力的時候了，沒錯，老人屏住呼吸，用盡全身的力氣，終於大魚離老人越來越近了，就在一剎那間，大魚突然往側面傾斜了一下，緊接著豎直身體，又打起轉來。

「哦，它動了，沒錯，動了，我真的拉動它了，拉動它了。」老人興奮地大叫。可能是太興奮了，老人的頭有些暈，不過他現在已經顧不得那麼多了，他只想用盡全身的力氣把大魚拉住，也許只需要再多用一點點力氣就能夠拉動它了。用力拉，我的手，撐住啊，我的腿，再堅持一下，我的腦袋，幫個忙，夥計們，只要再堅持一下就好了，我可是從來都沒有暈倒過，這一次，就這一次，我就要把它拉過來了。

老人運足所有的力氣拉著釣線，他已經等不及了，他多麼想要把大魚拉過來啊。可能是老人太過心急了，大魚離他的距離還不夠近，他猛地用力只是讓大魚的身體被迫側了過來，可是緊接著它的身體就變得硬挺挺的，老人拿它沒

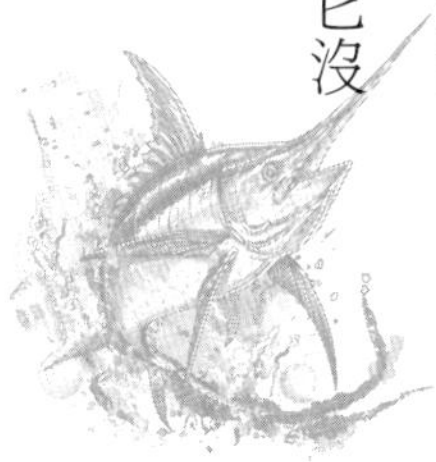

有辦法，只能讓它再一次游走。

「哦，大傢伙，反正你已經注定要輸了，為什麼還要做垂死的掙扎呢，還是乖乖地投降吧。」

難道你還想要活著逃脫嗎？那樣的話，只怕我就要空手而回了。老人想著。這時老人的嘴巴在烈日的照射下已經嚴重地乾裂到讓他無法說話。他眼睜睜看著自己放在船頭的水，可是卻不敢上前去拿，因為現在已經到了對決最緊要的關頭，不能有一絲一毫的分心。再一次，再一次，我一定要把它拉到我的身邊來，老人想。不知道我還能撐幾圈，沒關係，你可以的，老頭子，你行的，以前是，現在也是，以後還會是，你永遠都行，對於這一點你一定要堅信不疑。

很快地，大魚又轉了一圈，這一次又是差了一點，老人就能捉到這個大傢伙了，就在大魚靠近的最後一刻，它又挺直了身體游走。老人只需要把距離抓得再準確一點就能成功了，不過沒有關係，每一次的失敗都是為了即將到來的成功累積著經驗，沒錯，他堅信成功一定會到來。

魚，看來你還沒有放棄，你選擇戰鬥到最後一刻是嗎？難道你還想要打敗我嗎？老人想。是啊，你的確也有權利這樣做，在我漫長的捕魚生涯中，我還從來都沒有見過一條像你這樣的魚呢？比起其他的魚，你比它們更肥大、更漂亮、更沉著，也更加高尚。兄弟，來吧，如果你下定決心了，就儘管把你的本事亮出來吧，我現在已經不在乎結果了，只希望能和你痛痛快快地決鬥一場。

你是怎麼了？老頭子，難道你已經變得迷糊了嗎？老人想。你必須沉住氣，要隨時保持著清醒的頭腦，你應該知道一個真正的男子漢應該是深沉和冷靜的，無論是處於多麼緊急的情況中，這些你一定都可以做到，也許你該向那條大魚學習一下，他想。

「清醒些，腦袋。」老人輕聲說，也許他想省下說話的力氣，可是他微弱的聲音幾乎連他自己都聽不到，不過沒關係，聽不聽得到對於老人來說已經不重要了，他不過只是想要警醒一下自己。

大魚又轉了兩圈，只是老人始終都沒敢再下手。

是現在的陽光越來越強烈了嗎？我感覺自己就快要昏倒了，我怎麼會這麼的虛弱。這到底是怎麼回事？我不知道。但是無論怎樣，我都要再試上一次。

魚轉著圈，又漸漸靠近了，這一次老人仍舊試圖用盡全身的力氣，可就在大魚正一點點靠近他的時候，老人又覺得頭暈得厲害，他分不清哪裡是海，哪裡是天，分不清自己的航行方向。他只能眼睜睜地看著大魚直挺著身體，然後又緩緩從他面前游走，老人就這樣看著，看著大魚離自己越來越遠，最後只剩下它那條大尾巴在海面上不斷地擺動。

不，我不能放棄，我一定要再試一次，老人在心裡暗暗下定決心。儘管此時他的雙手無力，眼前也是一片模糊。

又是一次，結果還是老樣子，他又失敗了。這一次他似乎更加虛弱，這一次他幾乎還沒有動手就已經感覺快要暈倒了。怎麼回事，老頭子，你怎麼能這麼虛弱呢？堅持了這麼久，怎麼能在最後一刻放棄呢？來，鼓足勇氣再試一次。老人在心裡默默地為自己打氣。

他忍受著一切痛苦，他試圖用最後的力氣和那些早已蕩然無存的自尊來對付大魚的痛苦掙扎。大魚再一次朝這邊游過來了，這一次它似乎顯得溫順許多，也許是前幾次老人的失誤讓它放大了膽子，這一次它距離小船非常近，嘴巴幾乎就要碰到小船了，它龐大的身軀慢慢從小船邊游過，它那銀底鑲嵌著紫色條紋的高聳身軀，正在大海中緩緩地游動。在這神秘的海中，老人始終不能完全看清這個大傢伙，不過這一次似乎是最好的機會了，這一次一定要成功，不管怎麼樣都要撐住，盡快地結束這場戰鬥。

老人丟下手中的釣線，然後用腳踩住，接著他盡可能地高舉那把鋒利的魚

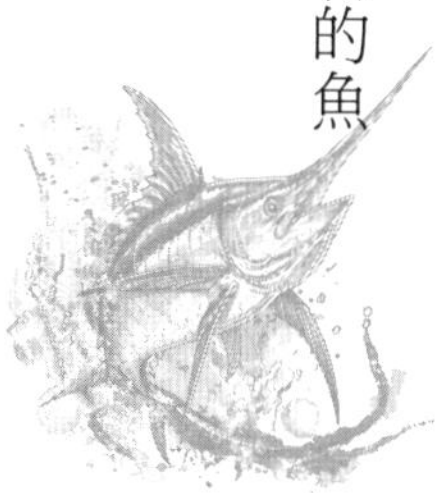

叉，運足所有的氣力。他認準了大魚的位置，決定直接將魚叉刺穿大魚的心臟，老人開立著雙腳，盡量讓自己站得更加穩當一些，接著深吸一口氣，然後刷的一下將魚叉從大魚的背部直接刺了進去，大魚高舉在半空中的魚鰭幾乎和老人的胸部一樣高。魚叉叉進了大魚側邊的胸鰭後方，老人感覺到刺準部位了。緊接著把整個身體壓在魚叉上，他藉助身體的重量將魚叉刺得更深了。

那個大傢伙立刻有了反應，或許是強烈的疼痛感讓它在海裡不停地掙扎，不停地打轉，儘管它已經是必死無疑了。就在生命的最後一刻，它選擇高高地躍出海面，第一次它的身體完全露出水面，懸在半空中的它完美地展現出它的巨大長度和寬度以及蘊含在它身體中的力和美。這個時候它就懸在老人的頭頂上，燦爛的陽光籠罩著它，隨後啪的一聲落入了大海，濺起無數的水花落到了老人的身上和小船上。

海水的腥氣讓老人覺得噁心，他眩暈的感覺也更加強烈了，眼前的一切都變得更加模糊不清。但他還是放出了魚叉的線，老人小心翼翼地控制著力度，就讓釣線一點點地從他擦破皮的手中滑出去。過了一會兒，老人漸漸地恢復了平靜，他感覺眼睛好多了。眼前的景物終於變得清晰了，他探著身體向著船外看去，那個大傢伙已經是魚背朝下，銀白色的肚皮向上翻，魚叉的叉柄就斜插在魚背上，鮮紅的血液從大魚的心臟流出來使海水變了色。剛開始是暗沉的黑色，就好像是一哩外的藍色海水中有塊沙洲，然後血就像是一朵天空中飄浮著的白雲逐漸地散開，再看看魚身，已經變成了銀白色，只是隨著水流緩緩地漂流著，一動也不動。

老人簡直不敢相信眼前的景象，他揉了揉眼睛，並仔細打量著所看到的一切，這次他確信這一切都是真實的。這時，他立刻把魚叉的繩子緊緊繞在船頭的纜樁上，然後用手不停地敲打著自己的頭，他想要藉助這種辦法讓自己能夠完全清醒。

「你一定要保持清醒的頭腦，老頭子。」老人邊靠在船頭的木板上邊說道。「哦，我太累了，這把年紀的我實在是不行了，但無論如何我已經殺了這個大傢伙，殺了我兄弟。接下來，我必須做一些辛苦的收尾工作了。這條小船絕對無法承載它，我要準備繩索把它拉近再捆綁好，然後我就可以做一直以來所期盼的事了，我將要豎起船上的桅杆，揚起回家的風帆。」

剛剛一場精彩的決鬥，已經讓老人筋疲力盡了。他嘗試著拉近大魚，希望可以將繩索穿進它的鰓，再從它的嘴巴內穿出來，把頭顱綁在船頭旁。老人對於這個對手一直很好奇，他很想在近處摸摸它、碰碰它，仔細地看看它。眼前的大魚是我的財富，有了它，我一定能夠發一筆大財，沒錯的，這龐大的身軀裡到處都是肥美的魚肉，一定可以賣一筆好價錢，老人想著。但這些都不是我想要接近它的理由，實際上我已經觸摸到了它的心，沒錯，就在我將魚叉再次插進去的時候。來吧，大傢伙，快過來吧，我要用繩索拴住你的尾巴，拴住你的身軀，將你牢牢地綁在小船上。老人在心裡盤算著。

「好，不能再等了，動手吧，老頭。」一邊說著，老人邊拿起水瓶喝了一小口水，「是的，搏鬥結束了，接下來還有更艱苦的工作，來吧，老頭子，你行的，哦，等等，在開始之前，我要先來個深呼吸，沒錯，這能給我力量。」

老人抬頭望向天空，海風從他的臉頰吹過，他又探著身體看了看船外的魚，太陽稍微偏離了正頭頂的位置，現在才剛過了正午。海風漸漸大了，信風吹起，釣線已經光榮地完成了它的任務，沒錯，老人現在只希望能夠趕快回到家，那個小男孩就能和老人一起把這長長的釣線收起來了，他們到時候可以一起邊喝啤酒，邊收釣線，當然也可以一起談論有關棒球賽的最新消息。

「大傢伙，你知道嗎？我真的有點想念那個孩子了，所以你現在要乖乖聽話，讓我少費一些力氣，快，快點過來吧。」老人一邊對著大魚說，一邊試圖用力拉動著，但大魚絲毫沒有向小船移動，只是原地翻滾了幾下。

「哎呀，你這個笨老頭，以你現在的體力，你難道還想要把它拉過來嗎？別做夢了。不過沒關係，既然不能把它拉過來，那我完全可以靠過去啊，移動小船可是比移動這個大傢伙要容易多了。」說著，老人慢慢地把船划了過去，一直到整條小船和大魚並排，魚頭靠向船頭，近得老人觸手可及，他第一次在這麼近的距離細細地打量這個大傢伙，還是難以想像它竟如此巨大。不過現在可不是感歎的時候，於是他靠著熟練的手法從欖樁上解下魚叉上的繩索，然後將它穿過了魚鰓，接著從大魚的口中拉了出來，將繩索在大魚的劍嘴上繞了一圈，然後穿過另外一邊的魚鰓，又在魚嘴上繞一個圈，最後他將這兩股繩子打成一個結緊緊地繫在了船頭的纜樁上。固定好魚頭之後，老人又移動到船尾，他割下一段繩子緊緊地套住魚的尾巴，繞了兩三圈後把魚的尾巴綁好了。這條大魚，已經由剛才的銀紫色變成了銀色，魚身上的條紋還保留著淡淡的紫色，那些條紋比一個成年男人的手掌還要寬。接下來，老人把目光移到了它的那雙眼睛，它的眼睛裡失去了神采，空洞得就像是潛望鏡裡的鏡片，老人感受到一種超然，那感覺就像是宗教遊行隊伍中的聖人。

「沒有辦法，我要戰勝它，就只能用這個辦法。」老人移開了視線，然後又喝了一小口水，喝完水後，他感覺舒服多了，頭腦漸漸變得清醒，不知道是不是剛剛喝下的水起了作用，他感覺越來越好，而且自信不會暈倒了。哦，我現在似乎該給這個大傢伙估估價了，老人想。看它這個樣子，我粗估它足足有一千五百磅，也許它要比這重得多，不過等到處理後也許就只剩三分之二的重量了，如果每三毛錢一磅魚肉的話，哦，天啊，那該是多少錢呢？「哦，這似乎是個不小的數字，也許我需要鉛筆的幫忙，」老人自言自語道，「是的，頭暈還沒有完全地緩解呢。不過，名將迪馬喬如果能夠看到我今天的表現，他一定會為我的所作所為感到驕傲的。雖然我沒有長骨刺，可是我的手和背都痛得非常厲害，有的時候我真想把它們從我的身體上切除，可是它們生來就注定是

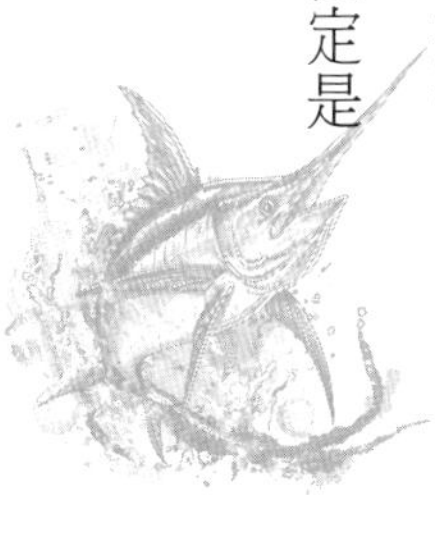

我身體無法分割的一部分。話說回來，長骨刺會是什麼感覺？也許我們都有骨刺，只不過是我們還不知道罷了。

這個傢伙實在是太大了，老人只好把它固定在船頭、船尾以及中間的橫座板上，它龐大的身軀儼然就像是在小船的旁邊安上了一條更大的船，這樣一來，小船的阻力就更大了，這樣航行起來說不定會遇到什麼危險，老人必須在出發之前再次確認一下。他看到了張開的魚嘴，於是他割下一小段繩子把魚的下巴綁緊，這樣大魚所帶來的阻力就不會太大。然後老人重新豎起桅杆，同時也豎起了那個用來做手鉤的木棒和吊杆，展開了打滿補丁的風帆。帆已經展開，小船終於啟航了，向著岸邊溫暖的家。船啟動之後，老人靜靜地半躺在了小船的船尾，向著西南的方向慢慢駛去。

老人的方向感很強，很多時候他都不太需要用指南針來辨別方向，只要細細地感受一下吹過的信風，再觀察一下飄揚的風帆，那麼前方的方向就會一目了然。不過回家的航程還不知道要走多遠，老人放出一根帶著勺形假餌的釣線，如果運氣好的話，他說不定能夠靠它弄到點吃的，也許不能吃飽，但是至少可以藉此來潤一潤喉嚨。可是老人尋找了半天，仍然沒有找到勺形假餌，手邊的沙丁魚已腐爛了，他必須想別的辦法。

終於，就在小船經過一片黃色馬尾藻的時候，他輕輕地將手鉤放了下去，然後又以最快的速度勾上來，接著抖了抖，裡面大概有十多隻小蝦紛紛落到了小船的船板上，還不錯，至少可以先填填肚子了，老人想。小蝦不停地在船板上活蹦亂跳，老人拿起其中的一隻，用他的大拇指和食指一下子就掐下了蝦頭，接著連同蝦的外殼和尾巴一起吞了下去，因為蝦實在是太小了，不過還好，老人知道它們的營養很豐富，而且味道也還不錯。

吃著吃著，老人覺得有些口渴了，他拿起了水瓶搖了搖，裡面只剩下兩口水。哦，看來我要省著點喝這些水了，於是他擰開瓶蓋微微喝了半口。小船一

直在航行著，只不過速度並不很快，比起來時差得遠了，不過以它目前的負重來說，這樣的速度已經算是相當不錯。手的力量嚴重不足，老人只能將胳膊放在船柄上，他的眼睛會時不時地瞄向窗外，他喜歡看著這個大傢伙，沒錯，他到現在還會懷疑自己是不是在夢中，這一切到底是不是真的。不過，每當他親眼看到這個大傢伙，每當他感覺到自己的後背正靠在船尾，他就能真切地感受到一切都是真實的。是的，老人曾經有一度覺得自己身處在夢境之中，在事情快要落幕時，他的感覺很糟糕，覺得自己馬上就要徹底完蛋了，當時，他希望這一切都是一場夢。直到他親眼看著大魚躍出水面，看著它定格在半空中一動也不動，停留了一會兒才又落了下來。他覺得這一切太奇妙了，甚至有些難以置信。再然後，他只是覺得眼前又是一片模糊，是夢境還是現實更加地分不清了，還好現在他已經清醒了，他很確定自己身處在現實之中。

很好，目前的一切都很好，老人想。大魚已經到手了，我的手和背可以證明這是事實，我的手恢復得不錯，把裡面的髒血流淨，鹽水可以治好我的雙手，要知道那些海灣的深色海水是世界上最好的藥材了。當然，我現在最重要的事就是保持清醒的頭腦。我的雙手已經盡到了它們應盡的職責，小船也在安穩地航行著。大魚的嘴巴還是緊緊地閉著，魚的尾巴正在跟隨著小船一上一下地擺動著，現在我們兩個，一個在船內，一個在船外，就像是兩兄弟一起航行。

小船不知道航行了多久，老人覺得頭又開始有點迷糊了，他似乎有些分不清了，到底是魚帶著我回家，還是我帶著魚回家呢？如果我能把它拖在船後，答案就無庸置疑了，如果魚是在船上，它會失去尊嚴，但答案也是一樣。可是現在我們是綁在一起並排航行，這樣一來我們就是站在同一條線上向前行駛著的，我就真的想不明白了。唉，不過這沒什麼，如果大魚認為是它帶我回家，而它會因此而感到快樂的話，那麼我就覺得很開心了，我寧願認為是它帶我回

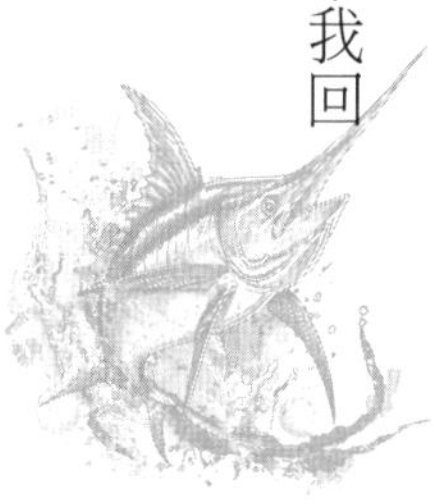

家。其實這一切不過都是因為我使用了詭計才騙過它，而它的心裡從來都沒有想過要傷害我。

第十章　新的對手

大魚已經成了老人到手的獵物，老人在這場生死搏鬥中取得了最後勝利，儘管他的內心有些掙扎。也許你會以爲故事到這裡已經快要接近尾聲了，不過這瞬息萬變的大海總是會給人帶來意想不到的驚喜。哦，不，也許更多的時候只是有驚無喜。

小船行駛得很順利，老人將雙手泡在海水裡，而且他也努力地保持清醒的頭腦。天空上飄浮著的是片片積雲，在更高的地方還形成了捲雲，老人知道雲向來都是風的探路兵，大風應該在今天晚上就會到來。只要有空閒，老人就會看一眼那個大傢伙，然後再確定地告訴自己這一切都是真的，沒錯，都是真的。

老人慶幸自己戰勝了這個龐大的對手。可是這波濤洶湧的海面上又怎會有真正的平靜？在這裡，老人的對手絕不僅僅是大魚。就這樣航行了一個小時之後，老人遭到了大海中的猛獸——鯊魚的襲擊。

這看似突然的襲擊，其實絕非偶然，鯊魚的嗅覺極其靈敏，只要是有一點點的血腥味都逃不過它們的追蹤，那個大傢伙被老人綁在船的外側，它猶如黑雲狀的魚血沉澱了下來，隨著海水沖散在大概有一哩深的海水中。這股血腥的氣味一旦被鯊魚聞到，它們便會以飛快的速度追蹤而來，在毫無預警的情況下，它就已經劃開湛藍的海水出現在陽光照射的海面上。

在追蹤小船航行路徑的時候，它們偶爾會找不到那氣味，不過它們是不會放棄的，依靠靈敏的嗅覺還是能夠很快地重新捕捉到那個氣味，任何的蛛絲馬跡都無法從它們的手中逃脫，一旦它們發現了便會以最快的速度追上去，而且會窮追不捨。當然鯊魚也分好幾個種類。憑藉著多年的經驗，老人一眼就認出了這是一條個頭很大的尖吻鯖鯊，它天生就是海洋中的獵捕高手，飛快的速度是它最拿手的殺手鐧。

實際上，除了那張長著鋒利牙齒的嘴巴，老人覺得它的其他部分還是十分漂亮的。它的背是幽藍色的，就像劍魚一樣，還有銀光閃閃的肚皮，魚皮上也光滑得閃動著光芒，整體看來它的體態都很像是劍魚，除了那張巨大的嘴。儘管這個時候它的嘴緊閉著，老人確切地知道那裡面隱藏著的危險，它的嘴裡有八排鋒利的牙齒一起向內傾斜著，並不是一般鯊魚那種金字塔形的普通牙齒，對比而言，倒更像是已經蜷縮成爪子般的人類手指。老人低頭看了看自己的手，「它的牙齒應該和我的手指一樣長。」牙齒的兩側則有著像剃刀一樣鋒利的刀口。它憑藉著這些優勢成了大海中的王者，所有的魚類都成了它的盤中餐。驚人的速度，強健的體格，它的全身都是利器，在這片海域內沒有敵人。最讓它忍受不了的就是那股鮮血的血腥味，每當聞到這個味道都會異常興奮，然後便會以最快的速度衝過去，它那藍色的背鰭會劃開湛藍的海水，就像是一把銳利的尖刀切割著每一寸路過的海面。

老人的視線一直都沒有離開海面，鯊魚的靠近當然也沒有躲過他的眼睛。哦，看來我的對手又來了。老人心裡想。這次的對手和大魚唯一不同的就是老人清楚地知道它的實力，沒錯，它是這片海的霸主，目前為止還沒有可以從它嘴裡逃脫的獵物。不過那又怎樣呢？那都是它在沒有遇到我之前的事了。現在既然你看上了我的魚，那就別怪我不客氣了。老人拿起了魚叉，繫緊了繩子，可是繩子似乎有些短，剛好是缺了用來捆魚的那一截。不過現在老人的頭腦倒是很清醒，他有著不顧一切的勇氣，可是對於勝利卻沒什麼信心。他看了看船邊的大魚，又看了看逐漸逼近的鯊魚。「嘿，聽著，老頭子，也許這一切都只是一場夢，可是現在你不能讓夢醒來，你可能阻止不了那個正以飛快速度朝你逼來的『海洋殺手』，不過沒關係，也許等一下你可以捉到它。嘿，凶猛的傢伙，來吧，我不會讓你碰我的獵物的。」老人一邊鼓足勇氣，一邊舉起了那把幫著他戰勝大魚的魚叉。

鯊魚正飛快地靠近船尾，靠近老人船上的大魚，毫不客氣地想搶奪他的獵物，只見它張開大大的嘴巴，露出了鋒利的牙齒，眼睛中有一種說不出的凶狠和奇怪的光芒，接下來，只聽「咔嚓」一聲，它用鋒利的牙齒刺穿了大魚身上的肉，它的頭和背都露出了水面，老人可以清楚地聽到大魚的魚皮和魚肉被鯊魚撕裂開的聲音。這聲音讓他憤怒，他高高舉起魚叉瞄準鯊魚的頭部用力地插

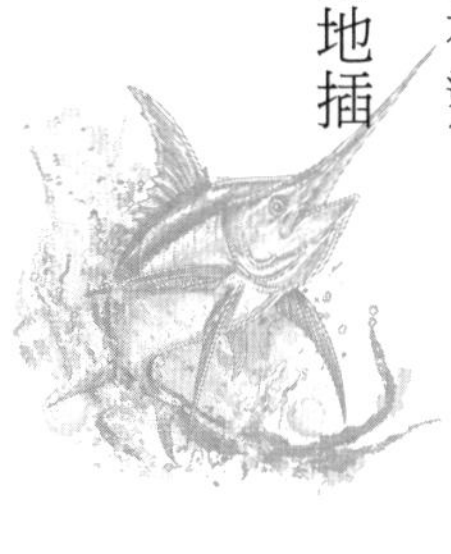

了下去，老人不喜歡拖拖拉拉，插下魚叉也從來都不會猶豫，這一下恰好插在了鯊魚兩隻眼睛相連的線和從鼻子向後延神的線的交會點，當然這些線都是不存在的。他眼前只有那個巨大和厚重無比的藍色大腦袋，那雙凶狠的雙眼，那張不停咔嚓作響正在咀嚼著獵物的嘴巴。老人卻找到了最關鍵的地方，沒錯，老人的魚叉正好擊中了鯊魚的腦子。那雙帶著傷口的手再次發揮了出色的水準，儘管在此之前，老人並沒有抱任何一擊即中的希望，可是他的決心和勇氣還是幫了他一個大忙，這一次，他又贏了。

受到了重創的鯊魚漸漸翻過了身體，凶悍的目光終於從它的眼中徹底消失，一頭失去了生命的鯊魚現在看來也有些可憐，不過誰讓它企圖搶奪老人的獵物，這或許就是對它的懲罰，它或許從來都沒有輸過，不過這一次它碰上了聖地牙哥，雖然只輸了一次，卻輸掉了一切。老人知道它就快要死去了，不過它似乎還不太願意接受死亡，身體在繩索中翻了兩圈，它的肚皮漸漸翻轉過來朝著天空，尾巴還在不停地甩動，只是節奏逐漸變慢，嘴巴還在微弱地咀嚼著，尾巴攪動的海水泛起了白白的浪花，繩索緊緊地纏繞在它的身上，顫動了一下而後斷裂。就在這時，差不多有四分之三的魚身露出海面，漸漸地，它平靜了，它就靜靜地躺在海面上，老人注視著它，不一會兒就緩緩地沉入了大海。

第十一章　無法打敗的英雄

鯊魚漸漸消失在深暗的海水中，老人看著它，直到它消失在視線之中。他開始懷疑自己經歷的這一切是否都是眞的，夢境和現實此時在老人的心中成了最難解的問題，在鯊魚一點一點地沉入大海的時候。那彷彿是在告訴他：不要信，這一切都不是眞的。可是他低頭看看自己的手，那強烈的疼痛感又分明告訴他：別傻了，老頭子，你現在眞眞切切地活在現實中。現實有時是很殘酷的，老人戰勝了一頭鯊魚，可是危險卻仍然存在。到目前爲止，他不知道自己還要面臨什麼樣的危險，但唯一確定的是，他知道眞正的英雄是不會被打敗的。

哦，天啊，真不敢相信，我竟然真的殺死了這頭鯊魚，要知道它可是我見過的所有尖吻鯖鯊中個頭最大的一隻了。這一點，我可以對天發誓，老人想。

「那個討厭的傢伙足足叼走了四十磅的魚肉。」老人忍不住大喊。是的，我的損失也不小，它還帶走了我的魚叉和全部的繩索。大魚現在又有了新傷口，它的血一定流得更多了，這樣一來就會有更多的鯊魚來襲擊我們。老人的腦子正在飛速地運轉著。

看來他要面對的新挑戰似乎更多了，而他要迎接挑戰時所擁有的武器卻越來越少。現在他更希望眼前的一切只是一場夢而已，他寧願自己從來沒有捕獲到這條大魚，希望一覺醒來仍然躺在自己的床上，悠閒地看著刊登棒球賽消息的報紙。

「可是人向來都不是為了失敗而生的，更沒有任何理由去逃避，」老人說，「作為一個人可以被毀滅，可他卻永遠都不能被打敗。」現在我唯一的愧

疚就是親手殺死了這個大傢伙，老人想。不知道一會兒還會有什麼困難等待著我，而我又失去了唯一的武器——魚叉，該怎麼辦呢？那些尖吻鯖鯊身上充滿了血腥，它們強壯而且聰明，是一群厲害的角色。不過也許我比它們還要厲害，我只是說也許，也許只不過是我更擅長於武裝而已。」

「好了，老頭，不要再胡思亂想了。」他提高了音量，想要藉此把自己喚醒。「老頭子，現在你要做的就是沿著航線向前航行，一切事情等到它們真的來臨時再來應付吧。」雖然老人的嘴上這麼說著，可是眼下的情況又怎麼能讓自己不去想呢？除了在海上的這些事，還有棒球賽，他的人生似乎再沒有別的事可以讓他思考了。哦，我剛剛殺死了一頭鯊魚，還用魚叉刺進了它的腦袋，名將迪馬喬要是知道我的壯舉不知道會怎麼想。也許他認為這些並沒有什麼了不起的，換作是任何一個人都有可能做到。我雙手上的傷會比骨刺更加嚴重嗎？我不知道，還是那個原因，我沒有長過骨刺。我的腳後跟從來都沒有受過傷，只是有一次游泳的時候不小心被一條魟魚給刺了一下，當時我的小腿整個都麻木了，劇烈的疼痛著實讓我覺得難以忍受。

「哦，不，老頭子，你現在應該多想一些讓你開心的事，」老人對自己說，「你想想看，現在你多堅持一分鐘就離自己的家又近了一步，大魚的重量少了四十磅，這樣一來小船的負重就減輕，船就能夠駛得更加輕快了。」老人的心裡很明白，等小船到了洋流的深處可能會有狀況發生，可是又能怎麼辦呢？老人實在是想不出任何的辦法。

「等等，不是這樣的，我有辦法的，沒錯，我是有辦法的，」老人大聲說，「我可以自己製造一個新的工具，沒錯，我可以把那把刀綁在船的槳柄之上。」說做就做是老人一貫的風格，他用胳膊夾住舵柄以維持方向，雙腳就踩在帆索上，過程有些困難，卻也順利地完成了。「哦，還不錯，老頭，現在有了新的武器，你不再是手無寸鐵了。」

海風徐徐吹來，大海顯得格外溫柔，小船行駛得也很順利，老人盡量只看大魚的前半段，他又恢復了一些希望。

人不抱有存活的希望是很愚蠢的行為，老人想。我甚至認為那是罪過，哦，不管了，別再想什麼罪過了，此時此刻問題已經夠麻煩的了，況且我根本不懂什麼是罪過。是的，我真的不了解，甚至不知道自己是否相信這個東西，也許我殺了這個大傢伙就是個大罪過，就算我這麼做是為了養活自己，為了讓更多的人能吃到魚肉。如果非要這麼說的話，我想在這個世界上有罪過的人還真是不少。不要再想了，現在再想這些問題都已經太晚了，更何況，很多人都是受雇來做這種事的，不如就讓他們去思考罪過吧。也許這一切都是注定了的，我天生就是漁夫，就像那些魚生來就是魚一樣。聖彼得也曾經是一名漁夫，就和棒球名將迪馬喬的父親一樣，也是一名漁夫。

也許這個問題已經考慮得差不多了，老人覺得自己該做一些別的事情，可是他看了看周圍，這裡既然沒有東西可讀，也沒有收音機可聽，想著這些問題似乎是他目前唯一能做的事了，他又想了很多，也繼續思考罪過的問題。老頭，你把大魚殺死，難道真的只是為了自己能夠活下來，或者是為了可以賣個好價錢？不，其實最根本的原因是你是一個漁夫，沒錯，一個漁夫。作為一個漁夫，獵殺掉大魚才能獲得你作為一名漁夫的光榮。其實在大魚還活著的時候你就很喜歡它，它死後你依然很敬佩它、喜歡它。既然你這麼喜歡它，那把它殺死就不能算是罪過了吧，又或許這才是更大的罪過。

「哦，老頭子，你實在是想得太多了。」老人希望用聲音叫醒自己。

至少，你很享受殺死尖吻鯖鯊的樂趣，如果說罪過的話，它和你一樣是獵捕活魚維生，它並非食腐動物，也不同於其他鯊魚只知道四處去捕食其他魚類，它是美麗的、高尚的，更重要的是它充滿了勇氣，無所畏懼。

「我只是想要保護我自己才不得不殺死它，」老人說，「我殺得還算乾淨俐落，如果動作慢一點，很難想像我是否還能贏。」

其實，這個世界上的生物不過就是一物降一物，有很多的事情都具有兩面性，一方面我可以依靠捕魚活著，但同時捕魚也可能隨時要了我的命。那個男孩希望我活下去，是的，他讓我活下去，我不可以太欺騙自己。

老人想著、想著，又不由自主地靠在了船邊，他太餓了，不得已只好從剛剛被鯊魚咬過的大魚身上撕下一塊肉，放到嘴裡咀嚼。哦，天啊，簡直不敢相信，肉質竟然如此美味，鮮美的味道就像是剛剛上市的紅肉一樣，緊實的肉質，豐富的汁水，顏色也不是那種嚇人的豔紅色。肉裡沒有多餘的筋。是上好的魚肉，放在市場上一定能夠賣個好價錢。只是有一股濃郁的血腥氣味，老人知道這氣味是危險的標誌，鯊魚可不會輕易放過這個訊號。

風還在吹著，似乎大了一些，正慢慢地轉為東北的方向。看樣子這風是不會減弱了，老人想。他向前方望去，只見前方是一望無際的大海，看不到任何船帆，更看不到船身，就連從船上冒出的煙也無法看到。船頭時不時會跳躍起幾條飛魚，立刻又會滑向兩邊，剩下的就是那一簇一簇的馬尾藻了，除此之外再無其他。此刻的海上純淨得出奇，天空中也純淨得出奇，甚至看不到一隻飛鳥。

兩個小時平安地度過了，老人一直靠著船尾休息著，時不時會撿起一些馬林魚的肉放進嘴裡以便儲備充足的體力。可是危險從來都沒有離老人遠去，最安全的時候也許就是最危險的時候。

就在這時，老人在大海裡看到了那個危險的身影，沒錯，那是一頭鯊魚。

「啊！」老人不禁大叫一聲，這驚慌的叫聲就像是雙手被釘進在木板上發出的叫聲一樣。

「加拉諾斯。（Galanos，西班牙語，古巴俗稱白鰭鯊一類的鯊魚。）」

老人認出了它，緊接著他又看到這頭鯊魚的身後不遠處還有另外一個魚鰭也在飛速朝著自己衝過來，沒錯，這一次來的不是一頭鯊魚，而是兩頭。老人又仔細觀察了跟上來的第二頭鯊魚，它有著褐色的三角形魚鰭和那條大幅度擺動的尾巴，看著它這個樣子，老人推斷這應該是一頭遠洋白鰭鯊。老人從它們游動的速度判斷應該是兩頭已經餓瘋了的鯊魚，大魚散發出來的血腥味激起了它們的興奮，可能是因為激動得過了頭，兩頭鯊魚有些迷失了方向，但是很快它們就會尋回到正確的方向上，危險正一步步地逼近了。

老人繫好船索，牢牢卡住舵柄，這一次沒有魚叉了，不過他多了緊綁著刀子的船槳，他舉起他的新武器，可是手卻疼痛得難以忍受，而且已經有些不聽使喚了。老人輕輕地握住船槳，盡量讓自己的雙手放鬆，過了一會兒，老人的雙手感覺好多了。鯊魚也正一步步逼近，老人重新握緊了拳頭，彷彿是在告訴他的雙手一定要忍住疼痛不能退縮，他的一雙眼睛死死地盯著從前方游過來的鯊魚。近了，近了，現在老人幾乎可以看到鯊魚那個像鐮子一樣尖利的、扁扁的頭了，當然還有它那在末端帶有一大塊純白的寬闊胸鰭。這兩頭鯊魚看上去很不友善，它們的身上散發著臭烘烘的味道，是這片海上的黑暗殺手，沒錯，如果它們真的已經餓壞了，說不定連船上的舵和槳都會一起吞下去。當大海龜安詳地在海面上熟睡時，它們就會從背後展開攻擊，一口咬下大海龜的腿和鰭狀的肢體。如果它們真的餓得難以忍受，甚至會選擇攻擊人類，就算是人的身上沒有魚的血腥味和黏液。

「不管怎麼樣，它們已經越來越近了，加拉諾斯，來吧，加拉諾斯。別以為二對一我就會怕你們，讓我們來好好幹上一架吧。」老人大叫著為自己加油打氣。

它們靠近了，可是它們展開攻擊的方式和尖吻鯖鯊是截然不同的，只見其中一頭打了個彎後立刻就鑽到小船底下完全不見蹤影，接著，老人就感到小船有一陣強烈的搖晃，他知道這是那頭鑽到小船下面的鯊魚正在用力死咬著大

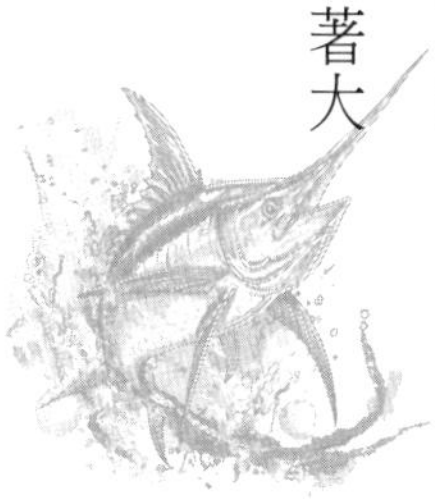

魚，在海面上的這頭鯊魚卻一直睜著細長的黃色眼睛緊緊地盯著老人。緊接著，它飛快地向老人衝過來，張開那張半圓形狀的大嘴，然後一口朝著大魚剛剛被咬過的舊傷口咬了下去，老人清晰地看到鯊魚那褐色的頭頂和背部、腦袋與脊髓相連處的線。老人看準了那個交叉點，舉起綁了刀子的船槳，「唰」的一聲，便將刀子刺進鯊魚的身體裡，立刻又拔了出來，第二下則是朝著鯊魚那黃色的、猶如貓眼般的眼睛刺了進去，老人下手又快又準，鯊魚不停地在海水裡打滾，在生命最後的掙扎過後，它放下了大魚，漸漸地沉入深暗的海水，就在它消失在老人視線的最後一刻，老人看見它吞下了咬在口中的最後一塊魚肉。

一頭鯊魚就這樣解決了，可是另外一頭卻在繼續攻擊著大魚，小船還在劇烈地晃動著，本來老人的頭腦就沒有十分的清醒，他討厭極了這樣的晃動。不行，一定要盡快解決它，不能讓它再這麼折騰下去了，老人暗暗下定決心。老人鬆開了一邊的帆索，這樣一來小船就向著一邊傾斜，船底的那頭鯊魚完全暴露在他的眼前，這頭鯊魚失去了保護傘，於是他靠到了船的一邊，緊接著瞄準鯊魚刺了下去，可是這一下刺得並不理想，他沒有想到這頭鯊魚的魚皮竟然如此的堅硬，刀子只是輕微地刺穿魚皮，淺淺地扎進了魚肉中，可是他的雙手和肩膀已經被巨大的衝擊力震得劇痛。不過這一下還是刺激到了鯊魚，它飛快地從海水中浮上來，接著露出它的腦袋，它用鼻子依靠著大魚想要稍微休息一下，老人看準了它的腦袋，猛地一下朝著正中的地方扎了下去，接著拔出刀刃再一次刺向同一個地方。鯊魚掙扎了一下，依舊死死地咬住大魚，嘴巴就掛在大魚的身上，老人再一次拔出刀刃，然後刺進它的左眼，可是鯊魚仍舊沒有鬆開嘴巴。「呵呵，看來你有兩下子，夥計，這還不足以讓你放棄嗎？看來我還沒有刺中你的死穴。」老人說著，再一次舉起刀刃，然後他看準了鯊魚腦袋和脊椎間的一塊地方，一下把刀插了進去，這一下刺得很精準也很輕鬆，這一次扎對了地方，他感覺鯊魚的骨頭已經癱軟了。老人把槳倒了過來，接著把槳片插到了鯊魚的嘴巴裡想要撬開它的嘴。於是他又旋轉了一下槳片，鯊魚果然鬆開了嘴巴。老人看著它逐漸下沉的身體，對著它說道：「哦，不要停下，加拉諾斯，一直沉入到海下一哩深的地方吧，那裡或許可以看到你的同伴，又或許可以看到你的媽媽，那裡才屬於你，你不該到海面上來。」

老人和加拉諾斯告別之後，又擦了擦刀刃，接著放下了手中的船槳。然後他很快地找到了帆索，船帆已經鼓了起來，老人又把小船重新調整到原來的航道上，那條通往家的航道上。

看似一切都沒有變化，就像是鯊魚襲擊前一樣。不，還是有變化的，大魚受到了攻擊，「它們一定咬走了大魚不少的肉，我估計應該有四分之一條，而且應該是魚身上最好的部分。」老人邊說著邊歎氣。「我太累了，儘管這兩次的搏鬥我都是以勝利告終，但我現在真的是累極了，我多麼希望這一切都是一場夢，多麼希望我從來都沒有捕到過這條大魚。現在它的鮮血已經流盡了，巨大的海浪還在不停地拍打著它，它渾身的顏色看上去就像是鏡子上銀灰色的背襯，失去了原有的光澤，只不過身上的那些條紋還依舊清晰。」

「唉，早知道當初我就不應該航離海岸那麼遠，對不對，大傢伙，你不該帶著我漂流，你不該，我當然也不該，真的對不起，大傢伙，直到現在還不能讓你安寧。」老人對著大魚自言自語道。好了，老頭，現在可不是懺悔的時候，你應該先去看看那刀上面的繩索有沒有被割斷，然後盡量讓你這雙手放鬆，好好地恢復一下，因為等一下肯定還會有更多的鯊魚直追而來。

現在我更應該多做一些準備了，也許我應該把刀子磨得更加鋒利一些，「磨刀石，沒錯，我需要一塊磨刀石，但願我把它帶在了船上，」老人邊說邊檢查槳柄上的捆索，「唉，我真的應該帶一塊磨刀石來的。」是啊，老頭，你原本應該帶來很多東西的，可是你都沒有帶，你早該做好準備的，可是你沒

有。好了，老頭，現在自責已經沒有用了，不要再去想你缺少的東西了，試著去想一想你現在還擁有什麼吧，這樣你能感覺好一點，當然也對你更有幫助。」

接著他把舵柄夾在了兩條胳膊下，小船繼續向前行駛著，他又把雙手浸泡在海水中，「不知道最後一條鯊魚叼走了我多少的魚肉，」老人說，「唉，我現在感覺到小船行駛得輕快多了，而這對我來說並不是什麼好消息。」老人只能強迫自己盡量不去想那條被咬爛了魚腹的大魚。他的心裡十分清楚，鯊魚每向他攻擊一次就會撕扯掉大魚身上的一塊肉，現在這條大魚的血都流到了海裡，就好像是為鯊魚留下了一條寬得有如公路一般的血腥帶。

如果沒有損失的話，這條大魚應該足夠一個人吃上一整個冬天了，老人想。哦，老頭子，快別再往那兒想了，你現在應該做的就是好好地休息，要盡快把雙手都調養好，然後保護好剩下的魚肉。哦，我的手上現在也充滿了血腥味，不過比起海水裡的味道根本就算不了什麼，而且我流的血不算多，傷口也不太嚴重，而且流點血也許可以讓左手不再抽筋。

好了，我現在還該想一些什麼呢？哦，現在好像也沒什麼可想的了，那就什麼也別想了，靜靜地等待著後面的鯊魚吧。但願這只是一場夢。可是又有誰知道呢？也許到了最後結局會好一些呢。

果然不出老人所料，鯊魚一直都沒有停止追蹤大魚身上的血腥味，緊接著從後面趕來了一頭遠洋白鰭鯊，還好這頭遠洋白鰭鯊是獨來獨往的，它的樣子就像是一頭已經餓瘋了的豬正卯足全力奔向食槽，只是豬沒有像它那樣的大嘴，大得可以塞進一個人的腦袋。到了近處，它一次又一次地襲擊著大魚，它的攻擊力絲毫不比前幾次的鯊魚要小，剛開始的時候老人甚至不能確定它準確的位置，只能任由它一下又一下地襲擊大魚。一會兒過後，老人看到它了，緊接著舉起那綁著刀刃的船槳，他一下就把船槳刺進了鯊魚的腦袋。被刀子刺中的鯊魚依然沒有放棄抵抗，它一直不停地扭動身體，只見它用力地往後一退，然後折斷了刀子。

老人已經顧不得太多，他只能盡量讓自己靜下心來穩住船舵，這一次他沒有看著鯊魚下沉的過程，從它開始露出整個身體，到後來漸漸地變小，直到最後幾乎看不見。他常常著迷於這樣的情景，可是這一次他沒有回頭看。

「又少了一把武器，現在我還有什麼呢？哦，我還有一把手鉤，可是有什麼用呢？我還剩下兩把船槳，還有那個舵柄，還有……還有一根短棍。」

唉，看來現在我被它們擊敗了，老人想。我的年歲太大了，如果只是單靠棍子恐怕對付不了鯊魚，不過還好，我還有船槳和舵柄，還有這麼多的東西，無論如何，我都要再試一試，再試一試。

老人又把手放進海水裡，天漸漸被黑暗籠罩，除了一望無際的大海和天空，他已經看不見任何東西了，風似乎比白天的時候又大了一些，老人現在只是希望在不久之後可以看到陸地。

「你太累了，老頭子，你的心太累了。」老人邊歎氣邊對著自己說道。

太陽快要下山了，鯊魚又展開了一次襲擊。

這一次，老人遠遠地就看到了幾片棕色的魚鰭，它們一樣是追蹤著大魚留下的氣味而來，現在這氣味應該是越來越濃郁了，它們甚至不用刻意地去追尋味道，便可以輕易地確定小船的方位，然後直奔而來。

老人知道他現在已經沒得選擇了，戰鬥，除了戰鬥，還是戰鬥。他用力卡住船舵，繫好了帆索，接著將手伸向了船尾去取棍子，這其實是一把斷槳的柄，它已經被鋸成了兩呎半的長度，由於它的手柄很短，只能單手施力。老人右手拿起短棍，並緊緊地握在手中，眼看著那些鯊魚游了過來，這是兩頭加拉諾斯。

雖然老人現在已經很疲累了，但還是得稍稍計畫一下，「我要趁著第一頭

鯊魚牢牢咬住大魚的時候再對它進行攻擊，這個時候鯊魚的警惕性是最低的，我可以試著打它的鼻尖或者是頭頂。這樣我就能夠一擊即中了。」老人嘴裡不停地默念著等一下要做的事情，眼睛卻盯著兩隻正虎視眈眈朝著自己游來的鯊魚。

這兩頭鯊魚一直保持同步，它們並肩逼近小船，老人知道這不是什麼好兆頭，如果它們一直並肩作戰，自己勝算的機會就會微乎其微了。還好，到了臨近小船的時候，老人看到其中一頭鯊魚張大了嘴巴朝著大魚的銀色腹側一口咬下去，他立刻舉起短棍朝著大魚的頭頂敲下去，這一棍正中鯊魚的頭頂。就在那一瞬間，老人有一種敲在橡皮上的感覺，沒有很大的衝擊力，卻也明顯地感覺到鯊魚堅實的骨頭。老人這精準的一擊使得鯊魚有些招架不住，他又狠狠地朝它的鼻尖打去，鯊魚慢慢地從大魚的身上滑落。

而另一頭鯊魚一直都只是在小船的一旁游來游去，這時它衝了過來撲向大魚，當它闔上嘴巴時，老人看見它的嘴角掛著幾塊白色的肉屑。老人頓時火冒三丈，舉起短棍打在鯊魚橡皮般的頭頂上，鯊魚看著他，一口扯下了魚肉，然後溜到一旁吞下了口中的魚肉，老人只能眼睜睜地看著這一切發生，卻沒有絲毫的辦法。

「來吧，加拉諾斯，你要是真有本事的話就再游回來，看我怎麼收拾你。」老人用略帶挑釁的口氣對著鯊魚吼道。

游回來？當然，鯊魚當然要游回來，因為大魚的味道實在是太美味了，那鮮嫩多汁的魚肉正是它的最愛，它怎麼能抵擋住這樣的誘惑。鯊魚一個飛快的轉身後又急匆匆地游了回來，這一次。老人沒有再給鯊魚任何的機會，就在它剛咬到魚肉要閉上嘴巴的一剎那，老人看準了位置，他盡可能地高舉手中的木棍，然後重重地擊打在鯊魚腦袋根部的骨頭上。這一次老人擊中了正確的位置，鯊魚有氣無力地叼走一塊魚肉，它的整個身體都癱軟在大魚的身上，然後

漸漸地滑落下去。老人的眼前卻總是浮現它吞下魚肉的樣子，於是就在它滑落下來的剎那，老人又瞄準剛才的部位重重地敲擊了一下。儘管這樣，老人也不能夠完全確定鯊魚已經放棄了，老人依舊站在小船上聚精會神地盯著鯊魚來時的方向，時刻提防著它們會捲土重來。還好，鯊魚一直都沒有展開再一次的襲擊。只是過了一會兒之後，老人看到其中一頭鯊魚正在海面上打轉，但沒有看到另外一頭的影子，就連魚鰭也沒有看到。

也許，這就是最好的結局了，不能直接把它們殺死，心裡的確還是不太痛快，要是換作年輕的時候，我一定可以讓它們付出生命的代價，現在我卻只能給它們一些小小的懲罰。不過，它們都受了重傷，現在也一定不太好過，如果我能拿棒球棍用雙手施力來敲擊它們，也許第一頭鯊魚的小命就保不住了，就是現在也依舊可以，老人想。

只是老人已經不忍心再去看大魚，它現在一半的身體應該已經被咬爛了。

就在老人和鯊魚搏鬥的過程中，不知不覺間太陽已經下沉了。

「天應該就快要黑了，」老人小聲地念著，「這應該是我第一次期待黑暗的到來，因為在黑暗中也許就可以看到哈瓦那的燈火了，那會照亮我回家的路，如果我稍微偏離東方一些，應該就能看到那裡其中一座新開發的沙灘上的燈光。」

現在我一定離陸地很近了，出海已經這麼久了，希望不會有人太擔心我，老人想。「哦，老頭子，你在想什麼呢？怎麼可能會有人為你擔心？」老人忍不住說出了聲，接著他半響都沒有再說話。又過了一會兒，他只是小聲地嘟囔了一句：「也許只有那個孩子吧，也許只有那個孩子會擔心我吧。」「呵呵，」接著他不禁冷笑了一聲，然後嘴裡不停地重複著一句話：「無論如何我都生活在一個幸福的小鎮裡，一個幸福的小鎮裡……」

哦，看來我在這片海上又少了一個同伴，我沒有辦法再和大魚聊天了，現在它已經被鯊魚咬得都不成樣子了，那麼現在我應該稱呼它什麼呢？

「半條魚。」儘管老人也覺得有些奇怪，可是現在他已經不知道還有什麼名字能比這個稱呼更加貼切了。「我很遺憾，你原本應該是整條的，可是我們離海岸實在是太遠了，我把我們兩個都毀了。不過我也因此戰勝了很多的鯊魚，不，準確地說是你和我一起。可是我們也傷害了很多其他的魚。哦，對了，我都沒有問過你，魚老兄，你這輩子殺過多少條魚啊？你頭上那個像是矛一樣的嘴可不是白長的哦。」

老人現在很喜歡想著這條大魚，想它在大海裡自由自在游弋的樣子，想它如何對付一頭鯊魚的樣子，也許我該砍下它的嘴巴，這樣一來我就有了更新更好的武器可以和鯊魚作戰了。可是，可是我沒有一把像樣的斧頭，也沒有一把像樣的小刀。如果我把大魚的嘴巴砍下來，然後把它綁在槳柄上，這樣的話，我就會擁有一件多麼棒的武器啊，再然後，我們就能夠同心協力一起和那些凶惡的鯊魚戰鬥了。唉，老頭，你又犯老毛病了，不要再想這些不可能的事了，還是趕快想想要是鯊魚晚上來訪你該怎麼應對吧。

「跟它們戰鬥，一直戰鬥到底，」老人說，「沒錯，就是一直戰鬥，一直到我的生命結束。」

黑暗再一次完全籠罩了海面，沒有光亮，也不見燈火，只有陰冷的海風還在海面上颳著，帆還在不停地飄動著。老人頓時覺得一股陰冷侵襲全身，汗水漸漸被海風吹乾了，老人麻木、僵硬的身體傾斜地靠在船邊，他累得連眼睛都懶得眨一下，有那麼一瞬間似乎感覺不到自己的呼吸了，他甚至分辨不出自己現在是活著還是已經死去。老人試著把雙手合攏，然後用力地拍了幾下手掌，彷彿只有這樣才能夠確定自己還活著，因為每一次的開闔都會感覺到有一種活生生被撕裂的疼痛感。他又挪了挪身體靠在船尾，與船尾接觸到的剎那，老人頓時感覺到一股劇烈的疼痛從後背發散到全身，那感覺就像是通了高壓的電

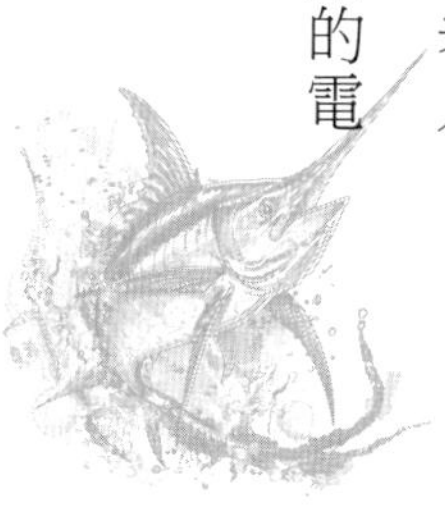

流，這疼痛讓老人更加確信自己還活著。

我應該振作一下，現在還有些祈禱沒有做，我是發過誓的，如果能夠成功捕到大魚，那麼我就要堅持做祈禱，老人想。可是我現在實在是太累了，累得沒辦法念，就先休息一下吧，等一下我就會有更多的力氣了。天氣真的有些冷，我要想辦法讓自己暖和一點。老人邊想著，邊拿起了旁邊的麻布袋披到了自己的肩膀上。

海風似乎小了一些，老人靜靜地躺在船尾，但依舊掌控著船舵，他期盼著天空出現亮光，也思索著自己僅存的希望。我還有半條魚，老人想。沒錯，還有半條魚，說不定可以順利地把這半條魚帶回岸上，我能有這樣的運氣嗎？哦，不，老頭子，在你離海岸越來越遠的時候，好運就已經與你漸行漸遠了。

「別再犯傻了，老頭子，掌好你的舵吧，你一定要堅持住，不能睡，也許你真的還有些運氣。」老人不停地對自己說著話，想要時刻警醒著自己。

「真希望可以從什麼地方買些運氣來，我寧可出個高價。」老人大聲說。可是我要拿什麼來出高價呢？是用那些被我丟棄的魚叉、斷掉的小刀，還是我這一雙已經壞掉的手？

「或許真的可以買，」老人說，「你可是曾經用出海八十四天來換取好運過，也是差一點就買到了。」

不要再胡思亂想了，老人想。運氣這東西會以好多種不同的形式出現！誰又能夠認得出它呢？不過不管它是什麼形式，也不管它需要花費多少錢，我倒是十分樂意去買一些。現在我只是期盼可以看到岸上燈火的亮光。看來我渴望的東西還真是不少呢？但我現在最想要得到的似乎就是這件事了。老人不停地調整著姿勢，希望可以找到一個舒適的姿勢再來掌舵，最重要的是，身上的痛楚讓老人知道自己是真真切切地活著。

無論處於什麼樣的境地，人只要抱有希望總是好的。大約在晚上十點，老

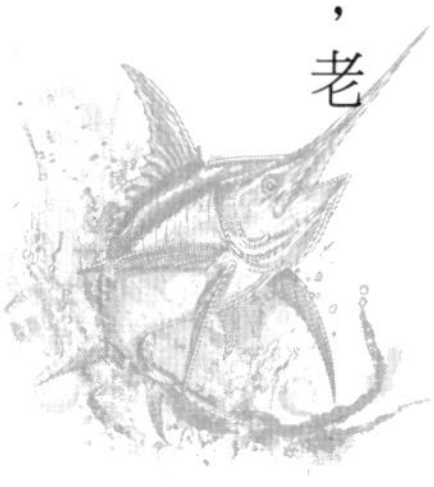

人看到遠處的天邊映出了哈瓦那的燈火，剛開始的時候，那光亮只是隱約可見，就好像是月亮即將升起的時那微弱的天光。後來，海風逐漸增強，浪也逐漸變大了，海洋那一端的亮光也變得越來越清晰，小船漸漸地駛入了光影之中，再不久就能抵達灣流的邊緣了，老人的心中期盼著。

這一切真的都已經過去了嗎？老人想，也許它們還會再來，可是現在我已經筋疲力盡了，而且在一片黑暗之中，我又沒有任何的武器，那麼我又該拿什麼來跟它們搏鬥呢？

夜越來越深了，老人的身體依舊是又僵又痛，他身上的傷口和那些用力的部位在冷風的侵襲下也變得越來越痛，真的希望這一切就這樣結束，我真的不想再搏鬥下去了。

但是鯊魚可沒有那麼輕易放手，到了半夜的時候，老人不得不再次展開與鯊魚的搏鬥，即使他認為這些搏鬥都是徒勞的。這一次，來的不是一頭，也不是兩頭，而是一群。老人注視著海面，成群的魚鰭快速地靠近小船，深藏在海水中的一切才是它們最可怕的地方。魚鰭劃開一條條線，就像是一排戰鬥機在天空中留下筆直的煙霧線。它們以驚人的速度撲向大魚，老人只能看到它們撲向大魚時發出的點點磷光。老人已經顧不得太多了，他只是閉著眼睛拼命地往下打，希望每一下都能命中鯊魚的頭部，可是現在的他只能憑藉著直覺和聽到的聲音作戰。鯊魚咬著大魚，不停地發出「咔嚓咔嚓」的聲音，老人拼命地揮舞著短棍，突然感覺到有一股力量在拉拽著短棍，緊接著短棍就不見了。

他立刻拉下了船舵上的舵柄，接著又開始瘋狂地砍打起來，此刻的老人已經徹底忘記雙手上的傷口，只是緊握住舵柄猛力地敲擊下去。鯊魚們絲毫沒有要退縮的樣子，時而一隻接著一隻撲向大魚，時而又一起撲向大魚，魚肉都被它們一塊塊地撕扯下來，然後飛速地轉身游開，直到享用完口中的魚肉才會發起下一次的攻擊，每一次轉身，老人都能看到那些魚肉被它們拖拽在海水中閃耀著光芒。

不知經過了多久的激戰，鯊魚的數量終於漸漸減少，直到只剩下最後一頭，老人的狀態也好不到哪裡去，他的手臂還在麻木地揮動著，沒錯，只是揮動著，幾乎不帶任何力氣。最後一頭鯊魚了，可是老人再拿不出力氣去對付它，看著它飛快地撲過來，老人想要放棄了，就任它怎麼做吧，老人想。鯊魚朝著大魚的頭衝了過去，但沒有想到的是，鯊魚的下顎竟然被卡在大魚頭撕不開的堅硬處，鯊魚被困住了。他又重新握緊舵柄朝著鯊魚的頭猛敲，他敲了一次、兩次，敲了又敲，直到他聽到舵柄斷裂開的聲音，接著用斷裂開的舵柄刺向鯊魚，斷裂開的舵柄十分鋒利，老人刺下去後又用力向裡刺了刺，鯊魚終於鬆開了嘴巴，然後轉動著身體灰溜溜地打著滾游走了，它很不幸，是整個鯊魚群中來得最晚的一頭，實際上大魚的身上已經沒有什麼東西可以供它享用了。

老人終於又可以輕鬆地呼吸了，海風吹起他的頭髮，他只是覺得嘴裡有一股怪怪的味道，似乎有些銅臭的味道，又有些許甜甜的感覺，他的心裡有些擔心，可是過了一會兒，那味道似乎淡去了，老人才放下心來。

接著他衝著海水吐了口痰，對著大海吼道：「喂，加拉諾斯，你們吃吧，去做你們的春秋大夢吧，說不定在夢裡你們就能看到你們真的殺了一個人。」

老人知道他的損失真的不小，而且已經沒有任何的辦法可以補救了。他只能挪動雙腿緩緩地走到船尾，還好那裂開的舵柄依然可以插進舵孔，湊合著用還是可以駕駛。他覺得有些冷，只是分辨不出是海風的侵襲還是內心的感受，他再次披上麻布袋，然後駕駛著小船重新上路了。他輕鬆地駕駛著，按部就班地做著一個船夫應該做的一切，在這一剎那他的腦袋裡沒有任何的想法，心裡也沒有任何的感覺。過了一會兒，他漸漸緩過神來，腦袋中出現的唯一念頭就是回家，朝著目的地的港口駛去。深夜依然有鯊魚造訪，不過這一次老人沒有反抗，他知道即使是反抗也沒有絲毫的意義了，也許他只是想趕快回到家中，

也許他真的是太累了。總之，這一次他任由鯊魚襲擊著大魚，即使它們襲擊的只是剩下的魚骨，它們就像是那些正在撿拾著掉在餐桌上的麵包屑的人們。老人沒有在意它們的任何動作，他的心裡只是感受著失去了重物的小船此刻變得格外地輕巧，航行得一帆風順。

老夥計，你真的很不錯，除了舵柄以外，你幾乎還是完好無損的，當然，舵柄是很容易更換的，老人想。

漸漸地，海岸上村落裡的燈光越來越亮了，老人能夠深切地感受到小船已經駛進了洋流，家就在不遠的前方，老人知道。

「老夥計，你知道嗎？無論發生什麼，風都是我們的好朋友，至少在大多數的時候是。還有大海，這片海裡包羅了太多太多的東西，這裡有我們的朋友，當然也有我們的敵人。還有我家中的床，沒錯，它現在是我最想念的朋友了，雖然它只是一張床，一張簡單得不能再簡單的床。老夥計，你知道嗎？我現在覺得輕鬆極了，從未有過的輕鬆，我從來都不知道原來被擊敗後會是這麼的輕鬆。」老人用最平靜的語氣和小船說話。

但究竟是什麼打敗了你呢？老頭子。老人心裡想。不，從來就沒有什麼打敗過你，你一直都是英雄，至少在自己的心裡一直都是，也許只是離海岸太遠太遠了。

第十二章　回家

在海上漂泊了幾天之後，老人真的感覺有些累了。回家，此刻他的心裡只有這一個念頭。海風會幫他的忙嗎？他能活著回到小漁村嗎？他回去了，不過過程不太順利。在一個寂靜的夜裡，他回到了被月光籠罩著的寂靜的小鎮。人們都在酣睡著，老人的小船悄悄地停靠到了岸邊。

海風依舊沒有平息，夜的黑暗依舊籠罩著海邊的小漁村，小船就這樣悄無聲息地駛進海港，露臺飯店的燈已經熄滅了，小鎮裡靜得出奇，忙碌了一天的人們都已經回到自己的家中，躺在溫暖舒適的床上進入夢鄉。海風咆哮著，絲毫沒有要減小的感覺，不過那僅僅是在大海上，整個海港剩下的只有寧靜。再次看到熟悉的海港，老人的內心有一種說不出的喜悅，他用盡全身的力氣划著船，接著讓船駛進了岩石下一片小小的砂石灘上，老人已經是筋疲力盡了，可是這個時間是不會有人來幫他的，現在一切都要靠自己，於是他獨自把船往上划，他盡最大的努力讓小船離大海遠一些。他的一條腿終於跨出了小船，長時間以來一直在汪洋中漂泊的老人此刻又接觸到陸地了，然後他把「老夥計」繫在一塊岩石之上。

接著，就是那套以前他幾乎天天都要做的動作，可是如今感到這些動作有些陌生了。不過還好他沒有完全遺忘。他輕輕取下了桅杆，然後捲起船帆把它

們整齊地捆好。這些動作似乎和以前沒有什麼不同，海風的陰涼感似乎和平時也並沒有什麼不同，一切的感受都讓老人察覺不出他已經在海上漂泊了幾天幾夜，這種感覺頓時引起老人內心深處一種莫名的恐懼感。

不過他很快地就有最切實的感受了，那面船帆多了兩條新的破洞，老人還是要找時間把它們補上的。老人扛起桅杆，攀爬的步伐變得越來越艱難，這個時候他才深深地感受到原來自己是如此疲累，累到每走一步都彷彿是背了千斤重擔。可以讓他實實在在地感受到的還有一樣東西，這幾天他都在哪裡，過著怎樣的生活。沒錯，就是那個大傢伙，儘管它已經所剩不多，老人回過頭看，在街燈的映照下依舊看到了一個巨大的魚尾就隱藏在海水中。說它巨大一點都不誇張，它就那樣直挺挺地豎著，拖在小船的後面，彷彿是小船本身多長出了一條長長的尾巴。

老人的目光順著魚尾往上看去，在遭到鯊魚的襲擊之後，老人就沒有再看過這個大傢伙了，在他的腦海中出現過無數種大魚悲慘的樣子，可是始終沒有勇氣去看。此刻，他終於決定要看看這位老朋友了，自從老人遇到大魚的那一刻起，大魚就是一直陪伴著老人的。老人終於把它帶回岸邊，而現在老人就要和它分開了，再怎麼樣也要和這位老朋友道別一聲。雖然他們在一起的時間只有短短的幾天，可是他們在這幾天之中卻是相依相伴。在那片茫茫的大海上，老人曾經不知道多少次對這個大傢伙訴說著自己的心裡話。如今的老人再看這個大傢伙，它的脊背上只有那裸露出的白線，黑乎乎的魚頭上還可看到那一直延伸出來的長長嘴巴，在一頭一尾之間就再沒有別的東西了，光禿禿的看不到任何一絲魚肉。

老人還是沒有勇氣在大魚的身上再多停留一會兒，他知道一切都太晚了，不過他盡力了，他拚了命地和鯊魚們搏鬥過，他甚至曾經決定就算是因此付出自己的生命也在所不惜，可是有些時候悲劇已經注定了。慶幸的是，直到最後

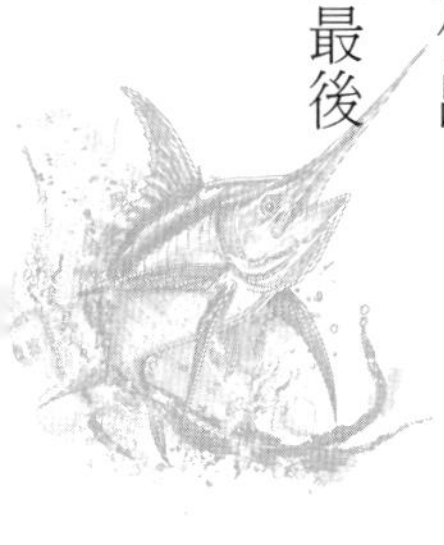

一刻他都沒有完全喪失掉勇氣，也從未被任何東西打敗，悲劇永遠無法打敗一個真正的英雄，而現在英雄終於凱旋了，老人終於回家了。

老人轉過頭，然後往海岸上爬，由於力氣不足，老人每走一步路，雙腿都會不停地顫抖，可是他依舊努力地向上攀爬，他默默告訴自己就算是要倒下也要等到達頂端之後。他果然做到了，他用力撐著最後一點力氣到達了頂點，他的雙腿再也堅持不住，一個不小心滑倒了，他癱坐在地上，桅杆重重地壓在他的肩膀上，他試圖掙扎著站起來，可是對於現在的他來說，這一切都太難了。他就這樣在地上躺了一會兒，他已經好久都沒有接觸到陸地了，當作是和好久沒見的老朋友多親近一會兒吧。

又過了一會兒，他扛著手中的桅杆慢慢地坐起來，可是仍舊沒有力氣站起來。藉著這個空檔他環顧了一下街道，長久以來都忙著出海捕魚，他似乎未曾好好地欣賞過小鎮的風景。就在這時，路的對面有一隻貓悠閒地走過，一如往常地走著，老人注視著它，然後目不轉睛地看著馬路，像是在思索著什麼，又像是在下著什麼決心。

坐了一會兒之後，他放下手上的桅杆慢慢地站了起來。他重新拾起桅杆，扛到了肩膀上，老人繼續向前走著，只不過每走上一段路都要停下來歇歇腳，就這樣斷斷續續地歇了五次才走到了那個讓他思念已久的小棚屋。他從來都不知道，原來從海岸到小棚屋的距離會是這麼遙遠。

到了棚屋的門口，他伸出那雙滿是傷痕的手，慢慢地推開了房門。進了門之後，老人像以前一樣將掛帆的桅杆立在牆角，那張桌子、那張小床、那把椅子依舊擺在原位，和老人離開的時候一模一樣，《耶穌聖心圖》和《科布雷聖母像》依舊好好地掛在牆上，襯衫底下妻子的彩色照片也依舊安好地擺在那裡，窗外的月光很明亮，老人可以看到屋內的一切。他走到桌子的旁邊，拿起放置在桌子上的水瓶喝了一口水，甘甜的味道緩緩滲入喉嚨，有一種說不出的舒爽感。隨後，他靜靜地在床上躺了下來，把那張跟隨他多年的毯子蓋在身上，一直拉到肩膀的位置，接著又把整個背和腿都蓋起來，他讓自己的臉靜靜地趴在那張印有棒球賽消息的報紙上，胳膊盡量伸直，掌心自然地朝著上方。他睡得很踏實、很安詳，好像門外的那些驚濤駭浪都與他無關了。

夜的黑暗漸漸褪去了，清晨的第一縷陽光傾瀉下來照進小棚屋，當然，伴隨著陽光而來的還有那個小男孩。毫無意外，他是第一個，也很有可能是唯一一個來看望老人的人，他從門外悄悄地探著頭，看到老人正在熟睡。今天海風特別大，港口的船隻都不會選擇冒險出海，當然也包括小男孩跟隨的船隻。其實老人出海的這幾天，這孩子每天都會在海邊等到很晚很晚，一直到他的爸媽到海邊強行把他帶回家。每天早上，他也會起得很早，然後一路跑到老人的小棚屋，他無數次地想像過在推開棚屋房門的那一刻能看到老人躺在那張熟悉的床上，可是每一次推開門後都只是看到那張空空的床靜靜地擺在那裡，小男孩便會輕輕關上棚屋的門失望地離開。這一次，小男孩看到老人睡在床上簡直有些不敢相信，他用那已經磨出繭子的小手使勁揉了揉眼睛，這才確信眼前的一切都是真的。

小男孩輕手輕腳地走到棚屋裡，他慢慢地走近老人，看到他還在呼吸著，接著他看到老人那雙充滿傷口的手，在海水的浸泡下已經腫脹了，血和膿已經有些分不清楚，小男孩的眼淚一下子就奪眶而出，他怕自己的哭聲會吵醒老人，於是他趕緊用手捂住嘴巴，悄悄地走出了棚屋。老爹，這幾天你究竟吃了多少的苦頭，小男孩一邊在心裡想著，一邊跑出門去幫老人買咖啡，這一路小男孩不停地哭著，心裡卻只有一個念頭，那就是讓老人在醒來後的第一時間能夠喝上一杯暖暖的咖啡，這樣也許他就能舒服多了。

小男孩一路跑著、哭著，跑到半路的時候，他看到海邊圍了很多的漁夫。他們在老人的小船邊圍了一圈，目光全部聚焦在綁在小船邊上的東西，有的人

皺著眉頭，有的人頻頻搖頭，其中的一個漁夫捲起褲管站在海水中，手裡拿著一段繩子正在丈量大魚的骨架。

小男孩並沒有走近，而是在稍遠一點的地方望著他們，其實他在剛剛前往小棚屋之前就已經去過那裡，他拜託一位漁夫為老人看管著小船。

「他怎麼樣了？」一個漁夫衝著小男孩大叫道。

「他正在休息，現在已經睡著了。」小男孩衝著漁夫叫道，來不及擦掉臉頰上的眼淚，實際上他不在乎任何人看到他正在哭，「請你們誰都別去打攪他。」小男孩一心想的就只有這個。

「從鼻子到尾巴整整有十八呎長。」那個在一旁負責丈量的漁夫突然大叫道，因為就連他自己也被眼前這個數字嚇了一跳。

「我相信。」小男孩聽到這個數字卻是很鎮定，他果斷且堅定地說出這三個字，因為他對老人充滿了信心。

接著，小男孩轉過身朝著露臺飯店的方向衝了過去。伴隨著喘息聲，小男孩走進了露臺飯店。「我……我……我想要一罐咖啡。」小男孩上氣不接下氣地說道。

「我要熱的，還要多加一些牛奶和糖。」小男孩知道老人喜歡什麼樣的口味。

「請問還要些別的什麼嗎？」

「暫時不要了，一會兒等他醒來，我要先問他想要吃些什麼，再回來。」小男孩說道。

「看，多好的一條魚啊，」老闆讚歎著對著小男孩說，「我這輩子都沒有見過比這更好的魚了，其實昨天你抓來的兩條魚也很好。」

「哦，讓我的魚見鬼去吧。」小男孩回答著，然後忍不住又哭了起來。

「孩子，你想要些什麼飲料嗎？」老闆問小男孩。

「不要了，」小男孩回答，「請你轉告他們別來打擾聖地牙哥，我還是會回來的。」

「好的，孩子，別忘了，告訴他我的心裡有多難過。」

「謝謝你，老闆。」小男孩淚眼汪汪地望著老闆，然後走出了露臺飯店。

小男孩一路走著，他的手裡緊緊地捧著那罐熱騰騰的咖啡，他加快腳步飛奔著回到老人的棚屋內，在進屋之前他稍稍平緩了自己的呼吸，然後輕輕地邁著腳步走進棚屋。小男孩看到還在熟睡的老人就沒忍心打擾他，他只是靜靜地在老人的身旁坐了下來，靜靜地望著老人，靜靜地等待著老人醒來的那一刻。

不知道過了多久，海風從窗外吹來，輕輕拂過老人滿是皺紋的臉頰，老人輕輕地搖了搖頭，接著翻了個身，嘴角輕輕地上揚了一下，小男孩以為老人就要醒來了，可是沒想到老人只是翻了一個身，又接著熟睡了，小男孩依舊只是在旁邊等待著，不敢發出任何一點的聲響。

又過了好一會兒，老人還是沒有任何要醒來的跡象，小男孩感到手中的咖啡有些涼了。不行，總不能讓老人一醒來就喝冰涼的咖啡吧，小男孩的心裡想。於是他的小腦袋瓜開始琢磨起來，該怎麼樣才能保持住咖啡的熱度呢？也許我需要一團火，這樣我就可以依靠它來把咖啡加熱了。

於是小男孩小心翼翼地走出棚屋，他飛快地穿越馬路，到對面人家借到了一些木頭，回到棚屋後在門口生起火來。就在這個時候老人醒來了，他從小床上慢慢地坐起來，小床隨著發出了吱、吱的聲響，小男孩聽到聲響知道是老人醒了，於是他雙手托著咖啡衝到了屋內。

「不要坐起來，你應該多休息。」這是小男孩進門後的第一句話，「來，給你喝點這個。」小男孩把咖啡倒在玻璃杯裡，遞到老人的手中。

老人用微微顫抖的手舉起咖啡，放到嘴邊喝了一口，一股暖流瞬間湧上他的心間，這麼長時間以來，這是他喝過最溫暖的咖啡。

「馬諾林，你知道嗎？我被打敗了，它們徹底地擊敗了我。」老人放下了手中的咖啡，略帶無奈的語氣向小男孩傾訴著。

「不，你沒有被打敗，以前沒有，這次也一樣，那條大魚沒有打敗你。」小男孩說。

「是的，它的確沒有，不是它，那是後來才發生的事。」

「佩德里科現在正在幫你照看著小船，你還有那個大魚頭，現在你打算怎麼處理它呢？」

「哦，就把它送給佩德里科吧，可以把它切碎了，然後用來當誘餌。」

「那個尖尖的魚嘴呢？也送給他嗎？」

「呵呵，要是你喜歡的話，你就留著吧。」

「好，我要，」小男孩開心地蹦跳著說道，「現在，我們該做點什麼呢？也許該來計畫一下其他的一些事情了。」

「我不在的這些天，他們去找過我嗎？」

「當然，很多人都急壞了，他們甚至召集海岸警衛隊的人，還動用了很多架大型的飛機。」小男孩一邊回答，一邊手舞足蹈地比劃著。

再次看到小男孩活蹦亂跳地站在自己面前，老人頓時覺得開心極了，一切都這麼的美好。這幾天老人獨自漂泊在茫茫的大海上，沒有人可以交談，他只能選擇自言自語。現在他又看到了這個孩子，又能看著他在面前手舞足蹈，又能聽到他嘰嘰喳喳的聲音，這對老人來說就是最好、最愉快的事了。

「孩子，你知道嗎？這幾天在大海上，我可是一直都想著你呢。我一個人靠在小船上總是會想，現在馬諾林在做些什麼呢？會不會也在海上捕魚呢？他捕到了嗎？捕到了幾條呢？快，快來跟我說說你這幾天的收穫。」老人對著小男孩說，眼裡都充滿了笑意。

「我嗎？我第一天的時候捕到一條，第二天的時候捕到兩條，第三天的時候捕到了兩條。」

「看來你收穫不錯啊，孩子，你很棒！」老人衝著小男孩豎起了大拇指。

「可是，我還是想和你一起捕魚，只想和你一起捕魚，現在你回來我開心極了，等到你的身體養好之後，我們就可以一起出海捕魚了，我們一定可以捕到更多、更大、更好的魚，因為我們是最好的搭檔。」小男孩邊說著，邊興奮地跳了起來。

「哦，不，孩子，我的運氣很不好，我可能會拖累你的，我想我不會再走運了。」老人在說這些話的時候始終都低著頭，他不敢正視小男孩的目光。

「你不要再說什麼運氣之類的話了，就讓運氣見鬼去吧，」小男孩說，「就算你真的運氣不好，相信我，我會給你帶來好運的。」

「可是你的家人怎麼辦，他們怎麼說？」

「我根本不會在乎，昨天我自己捕到了兩條魚，可是我現在更想讓我們一起去捕魚。你知道嗎？我真的想和你在一起，我還有很多東西要學，而只有你才會真正地教給我。」小男孩用著祈求的眼神望著老人。

「好，那我們應該為此做些準備，首先我們要弄到一枝很棒的魚飛鏢，然後把它放到船上當備用。刀刃也很重要，一定要找到足夠鋒利的刀刃。啊，那個舊福特車上的彈簧片倒是不錯的選擇。我們可以先把它取下來，然後我們把它帶到瓜納瓦科阿（古巴首都哈瓦那的一個區）去打磨一下，它應該就會變得十分鋒利了，當然過程中還要注意不能夠回火以免斷掉，我的刀已經斷掉了。」老人津津樂道地說著，其實他又何嘗不想和這個孩子一起出海捕魚呢？在海上的這幾天，每當他一個人靜下來的時候都禁不住想起這個孩子。

「沒錯，就像你說的，我還要再弄來一把刀，然後把彈簧片磨得鋒利無比。現在的風可真大啊，還要颳上多少天呢？」小男孩望著窗外的海邊，肆虐的海風正在襲擊著大海。小男孩的臉上卻充滿一股迫不及待的期盼，如果老人

沒有這麼累，沒有受傷，如果海風能夠稍微小一點，他巴不得現在就和老人一起出海去。

「我也不能確定，看這個樣子可能至少要三天，也許還需要更久的時間。」老人順著孩子的目光也望向了窗外。

「沒關係，我們以後有的是時間，」小男孩轉過頭看著老人說道，「你放心，我會把一切準備充足，但是需要一些時間，這段時間你要好好休息，把你的雙手養好，知道嗎？」小男孩自信滿滿地對著老人說道。

「好，我相信你，孩子，一定會聽你的話。你知道嗎，剛才睡覺的時候，我吐出了一些奇怪的東西，只覺得胸口有一股隱隱作痛的感覺，也許是有什麼東西碎掉了。」

「不用擔心，你那麼強壯，一定不會有事的，你現在只是需要靜養一段時間，把胸口也養好。」小男孩安慰老人說道。「來，快點躺下吧，老爹，你就放心地把一切事情都交給我，我等一會兒會給你送一件乾淨的襯衫來，順便給你帶一些吃的東西，你還需要些什麼東西嗎？儘管告訴我，我一定盡力幫你弄來。」

「哦，謝謝你，親愛的馬諾林。你知道在海上這幾天，我最掛念的除了你，其他就是有關棒球賽的消息了。如果可以的話，我想我需要一份報紙。」老人說的時候有些不好意思，但語氣裡卻充滿了渴望。

「放心吧，老爹，這點小事可難不倒我。目前最重要的是快快養好你的身體，雖然馬諾林已經學會了很多東西，可是還有那麼多東西要學，而這些東西也只有你能教會我。真的難以想像你在海上的這些日子究竟受了多少的苦。」小男孩哽咽地說道。

「哦，有很多，我親愛的孩子，不過還好一切都過去了。」老人說著，可是他的眼睛卻一直眺望著遠方。

「你放心吧，老爹，我一會兒就會把吃的東西和報紙送過來。」小男孩說，「你現在什麼都不要想了，你要做的就只有一件事，好好休息，老爹。」小男孩說著，目光又不由自主地移到了老人的手上，「當然，我想你現在還需要一些治手傷的藥物，我一會兒從藥店給你弄一些來。」

「千萬不要忘了告訴佩德里科，那個魚頭就送給他了。」老人提醒著小男孩。

「不會忘的，放心吧，從剛剛你說完，我就一直記得呢！」小男孩回答道。

小男孩說完就走出了棚屋，他走到門口又回頭看了看老人，老人正躺在床上微笑地看著他，小男孩也衝老人笑了笑，然後走了出去。出了棚屋的門，小男孩走在那條已經有些破損了、用珊瑚鋪成的小路上，小男孩又哭了。

就在那一天的下午，露臺飯店迎來了一群新的旅客，他們對這個小漁村一無所知，不知道這裡的每個漁民都有自己的故事，不知道這裡曾經有個被稱為冠軍的人，他名字叫作聖地牙哥。可是其中一位女遊客顯然對這波濤洶湧的大海有著強烈的好奇心，她在露臺飯店的圍欄上眺望著大海，一個海浪打到了岸上，在岸邊上的一個大東西顯然吸引了她的目光。

「看，快看，那是什麼？」女遊客的叫聲頓時引來了其他遊客。他們順著女遊客指的方向看過去，果然看到了在一些空啤酒罐和一些死掉的梭魚之間的水裡，靜靜地躺著一根又長又白的脊椎骨，這根脊椎骨的尾端還接著一條巨大的尾巴。從東方而來的海風掀起了洶湧的波濤，而那條尾巴正隨著波濤上下起伏著。

「那是什麼？」女遊客的手指著那副高高大大的白色骨架向站在她旁邊的服務生問道。沒錯，現在這副白白的骨架只是一堆垃圾，等待著被一個足夠大的海浪沖回海裡。

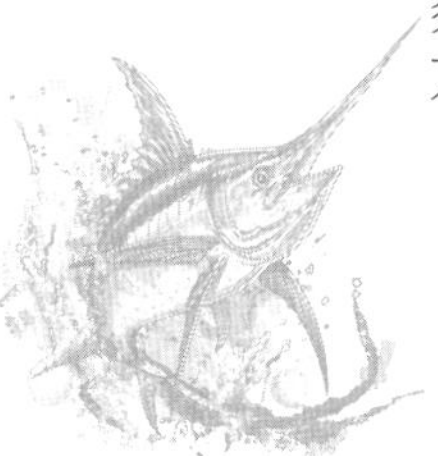

「Tiburon，就是鯊魚。」站在一旁的服務生回答說。接著他就想要解釋一下所發生的事，可是女遊客過激的情緒卻打斷了他，「真的嗎？是鯊魚！哦，天啊，我從來都不知道，原來鯊魚這麼漂亮，竟然連它的尾巴也如此美麗。」

「是啊，我也從來都不知道。」在旁邊站著的另一位男遊客也不禁讚歎道。

其實，他們更不知道的是，就在露臺飯店前方的道路上，在這條由珊瑚岩鋪成、已經有些破損的小路那一頭，有一個不算華麗，甚至是有些簡陋的小棚屋內，此時此刻有一位老人正在酣睡，他俯臥著，他的身邊有一把椅子，椅子上坐著一個小男孩正靜靜地看著他。而在老人的夢中，他看到了一群獅子。

巧讀老人與海 / 厄尼斯特.海明威著 ; 傅怡譯. -- 一版. -- 臺北市 : 大地出版社有限公司, 2025.07
面：　公分. --（巧讀經典：17）
譯自：The old man and the sea
ISBN 978-986-402-404-9（平裝）

874.57　　114007593

巧讀老人與海

The Old Man and the Sea

巧讀經典 017

作　　者	厄尼斯特・海明威
譯　　者	傅怡
發 行 人	吳錫清
主　　編	陳玟玟
出 版 者	大地出版社
社　　址	114台北市內湖區瑞光路358巷38弄36號4樓之2
劃撥帳號	50031946（戶名：大地出版社有限公司）
電　　話	02-26277749
傳　　真	02-26270895
E - mail	support@vastplain.com.tw
網　　址	www.vastplain.com.tw
印 刷 者	博客斯彩藝有限公司
一版一刷	2025年07月

大地

定　價：280元